二度と家には帰りません！
I'll Never Go Back to Bygone Days
3
Author みりぐらむ
Illustrator ゆき哉

グレンアーノルド
Glenarnold
クロノワイズ王国の王弟。
チェルシー
Chelsea
特別研究員に
任命された少女。

トリスターノ
Tristano
土魔法が得意な研究員。
『一目惚れしました！
友達になってください！』
マルクスフォート
Marxfort
クロノワイズ王国の第二騎士団副長。
ノエル
Noel
社交パーティで
出会った令嬢。

夜も更けて、
王立研究所の研究室の灯りが
ほとんど消えたころ、
伝達の精霊がピカピカと光りながら
くるりと飛び回った。

二度と家には帰りません!

I'll Never Go Back to Bygone Days!

3

Author
みりぐらむ

Illustrator
ゆき哉

Characters

I'll Never Go Back to Bygone Days!

登場人物紹介

チェルシー
Chelsea

母や双子の妹に『出来損ない』と
虐げられていた令嬢。
新種の希少スキル【種子生成】に目覚め、
スキル研究所へやってきた。

グレン
Glenarnold

賢者級の【鑑定】スキルを持った、
ユーチャリス男爵家へ鑑定に訪れた青年。
虐げられていたチェルシーの存在を知り、
手を差し伸べる。

エレ
Ele

チェルシーがスキルで
生み出した『原初の精霊樹』
から顕れた精霊王。
チェルシーを主として
契約を交わす。
普段は子猫の姿を
している。

マルクス
Marxfort

クロノワイズ王国の第二騎士団副長で、
サージェント辺境伯の令息。
補佐官であるステイシーとは婚約者の仲。

トリスターノ
Tristano

チェルシーのお世話係となった研究員。
朗らかな人柄で、親しい人にはトリスと呼ばれる。
【土魔法】の使い手。

ロイズ
Royz

ラデュエル帝国の皇帝へと返り咲いた
竜人の獣族。チェルシーが挿し木した精霊樹により、
火の精霊アイリーンと契約した。

ミカ
Micah

ラデュエル帝国で出会った狐人の獣族。
料理がとても得意で、チェルシーの専属料理人として
クロノワイズ王国へやってきた。

ジーナ
Gina

チェルシー専属
メイドの一人。
少したれ目のしっかり者。
トレードマークは
三つ編み。

マーサ
Martha

チェルシー専属
メイドの一人。
明るく元気で涙もろい。
ポニーテールが目印。

もくじ

番外編

I'll Never Go Back to Bygone Days!

プロローグ

I'll Never Go Back to Bygone Days!

わたしの名前はチェルシー。

サージェント辺境伯の養女で、王立研究所の特別研究員で、精霊を統べる王エレの契約者で……。

肩書はいろいろあるけれど、そこに『グレン様の婚約者』というものが増えた。

一年前まで、男爵家で虐げられながら暮らしていたわたしが、王弟殿下であり国が認める鑑定士でもあるグレン様の婚約者だなんて……。

ときどき、夢か現実かわからなくなって、頬をつねってしまうのはしかたないことのはず。


「チェルシー？　もうすぐ着くけど……頬をつねってどうしたの？」

サージェント辺境伯領から王都へ戻る馬車の中、頬をつねっていたわたしに、向かいに座るグレン様が尋ねてきた。

慌てて頬から手を離し、膝の上に置く。

「いえ、何でもないです」

軽く首を横に振りながら答えると、グレン様は不思議そうな顔をした。

夜のような濃紺色の髪が窓から入る光に照らされてキラキラ輝き、吸い込まれそうな水色の瞳は、じっとわたしの顔を覗《のぞ》き込んでくる。

「何を考えていたのか教えてくれないかな？」

こてんと首を傾《かし》げられたら、黙っていられない。

「実はその……グレン様と婚約できたことがときどき信じられなくて……」

恥ずかしいと思いつつ正直に頬をつねっていた理由を答えると、グレン様は何度か瞬《まばた》きを繰り返したあと、ふふっととても嬉《うれ》しそうに笑った。

「チェルシーは間違いなく、俺の婚約者だよ」

普段とは違う笑みを向けられてドキッとしたところに、そんな言葉を告げるなんて……！

胸がぎゅっと締め付けられるような感覚……それと同時に頬が一気に熱くなった。

「できれば、頬をつねるより、婚約指輪を見て確かめてほしいな」

もう一度グレン様はふふっと嬉しそうに笑うと、膝の上のわたしの右手を指した。

わたしの右手の薬指には、グレン様からいただいた婚約指輪がはまっている。

グレン様の瞳と同じ水色の宝石がついた婚約指輪は、装着者の身に危険が及ぶと防御の魔術が自動で発動する魔道具で、そう簡単にははずせないものらしい。

左手の薬指には結婚指輪をつけてほしいからという理由で、婚約指輪は右手の薬指につけている。

「はい。次からはそうします」

婚約指輪とグレン様の瞳を交互に見つめたあと、わたしはこくりと頷《うなず》いた。

これからは、指輪を見てグレン様の瞳を思い出そう。

そんなことを考えているうちに馬車は王立研究所の入り口で止まった。

護衛の騎士が外側から馬車の扉を開けてくれる。

グレン様は先に降りるとすぐに振り向いて、わたしに手を差し伸べてくれた。

その手に摑《つか》まってゆっくり馬車から降りると、右手にある王城と同じ灰色の建物……王立研究所から赤い布飾りのついた白いローブを着ている人が走ってくるのが見えた。

息を切らしながらやってきたのはフォリウム侯爵の令息で、一緒にわたしのスキル【種子生成】の調査と研究を行ってくれている研究員のトリス様だった。

トリス様はなぜか、わたしから十歩くらい離れたところで立ち止まると、目を見開き驚いた表情のまま叫んだ。

「チェルシー嬢、おかえりっす！　めちゃくちゃ育ったっすね!?」

「ただいま戻りました。魔力熱を出したので、急成長しました」

隣国であるラデュエル帝国で精霊樹を挿し木したあと、わたしは魔力熱を出し、サージェント辺境伯領で療養していた。

魔力熱は、魔力を溜《た》めておく魔力壺《つぼ》と体のバランスが崩れると起こるもので、熱が出たあとに魔力壺の大きさに合わせようと体が急成長する。

そのおかげでわたしの身長は十二歳の平均より少し低いくらいまで伸びた。

「話には聞いてたっす。でも、こんなに大きくなってるとは思わなかったっすよ」

トリス様はそう言うと、うんうんと頷きながら歩き出した。

そして、あと一歩という距離で止まるとにぱっとした笑みを浮かべた。

「背が伸びただけじゃなくて、令嬢らしくなったっすね。その指輪、似合ってるっすよ！」

普通の婚約指輪であれば、取り外しができるので左手の薬指につけ、結婚式で結婚指輪につけ替えることになる。

トリス様には、右手の薬指に指輪をつけているので令嬢らしく着飾っているように見えたのかも。

「あ……ありがとうございます」

頰を緩ませながらお礼を告げると、トリス様の視線がグレン様へと移った。

「グレン様もおかえりっす。……なんでそんな殺気だった顔してるっすか？」

ちらっとグレン様の顔を覗いてみたけど、トリス様が言うような顔はしていない。

「……見間違いだろう」

「そうっすか？　まあいいっすけど……。それよりも、お土産はあるっすか？」

トリス様は両手で物を持つような仕草をした。

「お土産とは少し違うのですが……」

わたしはそう前置きしたあと、左手首につけている精霊樹の枝で出来たブレスレットに向かって、預けておいた種の入った袋を返してもらえるよう念じた。

するとぽんと目の前に種の入った袋が飛び出してきた。

「何もないところから現れたっすよ!?」

トリス様は驚いた表情のまま、種の入った袋を受け止めた。

以前エレからもらった精霊樹の枝で出来たブレスレットは、精霊界にあるわたし専用の保管庫とつながっていて、どんなものでも預かってもらえる。返してほしいと念じたりつぶやいたりすれば、目の前に飛び出してくる。

ぽんっと飛び出してくるので、慣れるまでは何度も受け止めきれずに落とした……。

ブレスレットについて伝えるとトリス様は納得したようでうんうんと頷いた。

「それでこれはなんすか?」

「療養している間に、わたしなりにスキルについて調べました。その際にさまざまな種を生み出したので、今後の研究材料になれば……」

言い終わらないうちにトリス様はいそいそと袋の中から種をひとつ取り出した。

取り出した種はコインのように丸くて平たいもので、真ん中にフォークとスプーンとナイフの絵が描かれている。

「これ……種には見えないっすよ!?」

トリス様は口を開けて驚いた表情のまま、種を見つめている。

グレン様は真剣な表情で種を見つめると口を開いた。

「鑑定してみたけど、とても興味深い種だね。名前は『試作版のカトラリーの種』というもので、植えると木製のフォークとスプーンとナイフがひとつずつ実る。試作版のため一代限りのもので、一晩経《た》つと朽ちるらしい」

「いろいろと試したのですが、木製のものであればどんなものでも種にできるようです」

しっかりとした設計図さえあれば、椅子やテーブルが実る種も生み出せる。

植えたあとどんなものが実るかわかるように表面に絵を描くようにしたのは、わたしの中で一番いい思いつきだった。

トリス様は驚きの表情のまま、袋に試作版のカトラリーの種を戻すと別の種を取り出した。

新たに取り出した種は丸くて薄水色をしていて、以前生み出したエリクサーの種やアオポの種と同じように栓がついている。

「これはなんすか?」

トリス様は種を手のひらに乗せながら、そう尋ねた。

「これは『果実水の種』という名前で、その名のとおり果実水が中に入っているらしい。とても美味と書かれているよ」

グレン様がまたも【鑑定】スキルを使いながら、取り出した種について説明してくれる。

「これも一代限りのものだね」

「こんなお土産ならいつでも大歓迎っすよ！　すぐにでも植えて観察したいっす！　いや、果実水の種は飲んでみたいっすね！」

トリス様は果実水の種を袋に戻しながら、とても喜んでいた。


そんな会話をしていると、二台目の馬車が到着した。

精霊を統べる王だけれど、普段は猫の姿をしているエレが馬車から降りてくる。

わたしの魔力の総量が増えたこともあって、子猫ではなく成猫の姿へと変わり、少し動きがしなやかになった気がする。

『我は精霊樹の無事を確かめてくる』

銀色の毛並みの猫姿のエレはそうつぶやくとふわりと浮かび、まるで吸い寄せられるように王立研究所の真横にある精霊樹へと向かって飛んでいった。

「あれ？　どうしたっすか？」

そんなエレの様子にトリス様は首を傾げた。

猫姿のエレの声は、精霊と契約した者と【鑑定】スキルを持つ人にしか聞こえない。普通の人には猫の鳴き声として聞こえるらしい。

トリス様にエレが精霊樹の様子を見に行ったことを伝えると、にぱっとした笑みを浮かべた。

「あいかわらず、マイペースなんすね」

わたしはうんうんと頷き、グレン様は苦笑いを浮かべた。

続いて馬車から獣族の狐人《きつね》でわたしの専属料理人でもあるミカさんが降りてきた。

「やっと着いたのよ～！」

ミカさんは馬車から降りるとすぐにその場で伸びをした。その後、わたしのそばまで歩いてきた。

そんなミカさんの様子を見ていたトリス様はにぱっとした笑みを浮かべる。

「初めまして！　俺の名前はトリスターノっす。チェルシー嬢と一緒にスキルの調査と研究をしてるっす。たしか、ミカさん……っすよね？」

「そうなのよ～。獣族で狐人のミカなのよ～」

ミカさんは名乗るとすぐに、その場でくるりと回って、にこにことした笑顔を向けてきた。

以前、サージェント辺境伯家の屋敷で初めて会ったときも、ミカさんはこうやってくるりと回っていた。

「チェルシーちゃんの専属料理人なのよ～……どうして知ってるのよ～？」

「グレン様から話を聞いてるっす。めちゃくちゃおいしい料理を作るって言ってたっすよ。グレン様があそこまで褒める料理……俺も食べてみたいっす！」

トリス様の言葉にミカさんの尻尾がぶんぶんと揺れた。

「そこまで言うなら、トリスターノ様にもおいしい料理を作ってあげるのよ～！」

「本当っすか！　それは楽しみっす！　そうだ、これからは気軽にトリスって呼んでくれっす」

「了解なのよ～！」

トリス様とミカさんはあっという間に仲良くなり、拳と拳をこつんとぶつけ合っていた。

その後、二人はどんな料理が食べたいか？　どんな料理が作れるのか？　という話で盛り上がっている。

すぐに仲良くなれるなんて、うらやましい……。

二人を見つめながら、わたしはそんなことを考えていた。

＋＋＋

茶色いレンガ造りの建物……王立研究所の宿舎の入り口でグレン様とトリス様とは別れた。

わたしとミカさんは建物に入ってすぐの廊下を左へ曲がる。

騎士が二人立っていたので頭を軽く下げると、ニカッとした笑みを返された。

ミカさんは宿舎に入ってからずっと目をキラキラさせながら周囲をキョロキョロと見回している。

ラデュエル帝国にある建物とは違う雰囲気だから、珍しいのかもしれない。

さらに進んでいくと黒塗りの頑丈そうな扉があり、その前でわたしたちは立ち止まった。

「ここがわたしの部屋です」

ミカさんにそう告げたあと、わたしはゆっくりと扉を開く。

広々とした部屋の中央には、わたし専属のメイドたち六人がずらりと並んでいた。

「「「おかえりなさいませ、チェルシー様」」」

部屋に一歩足を踏み入れた途端、メイドたちは一斉に言い、頭を下げる。

「ただいま戻りました」

半年以上離れていたからかな……なんだか気恥ずかしい。

そう思いつつも微笑《ほほえ》むと、メイドたちも嬉しそうに微笑んだ。

それからすぐに最初に専属メイドになってくれたジーナさんとマーサさんがわたしのもとへ近づいてきた。

「療養の間に、たいへん大きくなられましたね」

「話には聞いていたんですけど、本当に背が伸びて、少しふっくらしましたね！」

ジーナさんは少し涙目になりながら、マーサさんは満面の笑みになってそう言った。

「はい。十二歳らしい身長になったと辺境伯家お抱えの治癒士様がおっしゃっていました」

そう答えた途端、二人は少し驚いた表情へと変わった。

どうしたんだろう？

首を傾げるとマーサさんが教えてくれた。

「チェルシー様の話し方が令嬢らしいものに変わっていたので、驚いたんです。たくさん勉強したんですね！」

マーサさんの言葉は勉強の成果が出ているのだと実感できて、とても嬉しかった。

素直に喜んでいると、ジーナさんの視線が、わたしの斜め後ろに立つミカさんへと向いた。

「初めまして。私はチェルシー様専属メイド筆頭のジーナでございます」

「初めましてなのよ～。獣族で狐人のミカなのよ～。チェルシーちゃんの専属料理人なのよ～」

ジーナさんとミカさんは互いに挨拶をかわすとにっこりと微笑んだ。

「ミカさんのことは殿下から聞き及んでおります。ミカさんの今後ですが、チェルシー様の専属メイドになっていただきたいと考えております」

ジーナさんはそう言うと、詳しく教えてくれた。

わたしは王立研究所の特別研究員なので、ミカさんが専属料理人として料理を作るとしたら、王立研究所の調理場を使うことになる。

でも、王立研究所の調理場は多人数の料理を作るために造られているため、わたしの分だけ作るには場所も余裕もないらしい。

「一般的な料理人として、王立研究所の調理場で働くことは、ミカさんの本意ではないと考えた結果、チェルシー様の専属メイドになっていただき、こちらの部屋のキッチンで料理していただくのが最善であると考えた次第でございます」

ミカさんが働く場所……そんなこと考えてなかった！

オロオロしながら周囲を見回すと、マーサさんがにっこり笑った。

「こういったものは殿下がすべて采配してくださるんで、チェルシー様は気にしなくていいんですよ。そもそも、チェルシー様は未成年なんですから、こういったことは大人に任せてください」

たしかにわたしはまだ十二歳。成人まであと三年ある。

だからって、任せっきりにしていいの!?

わたしが混乱している中、ミカさんは腕を組み、じっとキッチンを見つめていた。

「チェルシーちゃんの専属メイドになるのは大歓迎なのよ～。お部屋のキッチンで料理を作るなら、アツアツの料理をすぐに出せるから、それも問題ないのよ～」

ミカさんはそう言うと、部屋にあるキッチンに向かって歩き出した。

「問題なのは、この部屋で料理をするとなると作れるものが限られてくることなのよ～」

わたしの部屋のキッチンはこぢんまりしたもので、魔道具のコンロがひとつと小さなシンク、それから小さな保冷庫しかない。お茶を沸かして紅茶を飲むことはできるけど、それだけだったりする。

ミカさんはキッチンの前に立つと、《清潔《クリーン》》の魔術を使って手を清めたあと、調理道具と材料を取り出して、あっという間に玉子焼きを作った。

そして、丁寧に八等分に切り分けると、アイテムボックスから出した小皿に一切れずつ載せて、みんなに配った。

メイドたちは突然、小皿を渡されたのでとても戸惑っている。

「甘い玉子焼きなのよ～。食べてみてほしいのよ～」

まずは毒見を兼ねて、ミカさんが一切れ食べる。

おいしく出来たようで、尻尾が揺れている。

その姿を確認してから、フォークで一口サイズに切って口に入れた。

「おいしい……！」

ミカさん特製の甘い玉子焼きは、見た目はとてもシンプルだけれど、食べるとホッとする味でサージェント辺境伯家の屋敷では大人気だった。

わたしの反応を見たジーナさんはすぐに玉子焼きを口に入れると、蕩《とろ》けるような笑みを浮かべた。

マーサさんはすでに食べ終わって、名残惜しそうにじっと小皿を見つめている。

他のメイドたちも食べると口々においしいとつぶやいていた。

「もっともっとすごい料理が作りたいのよ～……」

そのミカさんの嘆きに、ジーナさんとマーサさんの目がキランと光った気がした。

「これこそ殿下にお任せすべき案件でございます」

「そうです！　ここのキッチン、丸ごと入れ替えてもらいましょう！」

二人の言葉に他のメイドたちも笑顔のまま、頷いている。

「ところで、ミカさんは他にどんな料理が作れるんですか？」

マーサさんの質問にミカさんは軽く首をひねると、またキッチンで料理を作り始めた。

出てきた料理は三種類。

ひとつは、トマトとチーズの和《あ》え物《もの》でミカさん特製のドレッシングがかかっている。

もうひとつは、ジャガイモとベーコンの炒《いた》め物《もの》で、さまざまなスパイスがかかっているらしく部屋に独特な香りが漂った。

最後のひとつは、一口サイズに切ったパンを軽く焼いて、それにチーズを載せたものだった。

「今のキッチンで作れるのはこんな料理なのよ～。パパッと作ったから量はないのよ～」

ミカさんはそう言いながら、みんなの小皿に一口分ずつ料理を載せていった。

そして先ほどと同じようにみんなで食べる。

「ミカさんの料理はいつ食べても本当においしいです」

「喜んでもらえて嬉しいのよ～！　作った甲斐《かい》があるのよ～」

わたしがつぶやくと、ミカさんの尻尾がぶんぶんと揺れた。

結局ミカさんは料理を主に作るわたし専属のメイドとなって、他のメイドたちと同じように宿舎の個室で暮らすことになった。

1. と今後の予定

I'll Never Go Back to Bygone Days!

翌朝、カーテンを開く音で目が覚めた。

よほど疲れていたようで、誰かが部屋に入ってきてもまったく気づかなかった。

「おはようございます、チェルシー様」

「おはようございます、ジーナさん」

ベッドの上からそう挨拶するとジーナさんがじっと見つめてきた。

「旅の疲れはございませんか？　少しでもおかしいと感じたら、すぐに教えてくださいませ」

半年間、領地で療養したあとに戻ってきたから、とても心配されているみたい。

「たくさん眠ったので元気です」

そう答えるとジーナさんはホッとした表情へと変わった。

「では身支度を整えましょう」

そこからは以前と同じように顔を洗い、髪を整え、ワンピースに着替える。

身長が伸びたため、着替えはすべてサージェント辺境伯領から持ってきたものに変わっていた。

「チェルシー様、本当に大きくなられましたね」

ジーナさんは途中でそうつぶやくと眩《まぶ》しそうにわたしを見ていた。

部屋のキッチンが立派なものに変わるまでの間は、今までどおり料理長が食事を用意してくれることになったらしいのだけれど……。

朝食として届いた料理は、胃が小さかったころに食べていた量よりは多いものの、今のわたしには足りないものだった。

「今のチェルシーちゃんはいっぱい食べられるようになったのよ～。これだと少なすぎるのよ～」

ミカさんはそうつぶやくと、部屋のキッチンで簡単な料理を作って足してくれた。

テーブルには料理長が用意してくれたパンとスープとサラダ、カリカリに焼いたベーコンとスクランブルエッグ、ミカさんが作ってくれたポテトサラダとハムとレタスのサンドイッチが並んだ。

すべて少量だけれど、以前と比べたら、品数が多い。

「こうやって見ると食べられる量が増えたのがよくわかりますね」

テーブルに並んだ料理を見てそうつぶやくと、ジーナさんはまたも眩しそうにわたしを見ていた。

大地の神様に祈りを捧《ささ》げたあと、料理長とミカさんが作った朝食を食べる。

療養期間中はずっとミカさんの料理を食べていたため、料理長が用意した食事は懐かしく感じた。

「マーサさんが話を通してくれたのよ～。すぐにでもキッチンが立派なものになるのよ～」

ミカさんはそう言うと尻尾を揺らした。

「昨日の今日なのに、話を通したなんてすごいですね」

口の中のものを飲み込んだあと答えた。

すべて食べ終えて一息ついていると、国王陛下からの使者がやってきて、準備が整い次第、執務室へ向かってほしいと告げられた。

使者が部屋を出て行くと同時に、ジーナさんが控室にいるメイドたちを呼び出すベルを鳴らした。

すぐにマーサさんや他のメイドたちが部屋に入ってくる。

「チェルシー様は準備が整い次第、陛下の執務室へ向かうことになりました」

ジーナさんがそう告げた途端、メイドたちの視線がわたしへと向いた。

国王陛下と会うとなれば、正装……つまりドレスに着替えなければならない。

至急と言われれば、そのままの服装で向かっても問題ないけれど、今回はきっちり『準備が整い次第』と言われた。

つまり、着替えてから来るようにという意味……。

わたしは覚悟を決めるとこくりと頷《うなず》く。

「今から、チェルシー様を磨き上げます！」

ジーナさんの言葉でメイドたちが一斉に動き出した。

わたしはされるがまま、お風呂に入ったりマッサージされたり……。

令嬢らしくなるためにさまざまなことを学んだけれど、これだけは慣れない。

人前で服を脱がされるのも、体を洗われるのも、どうしても恥ずかしい……！

ドレス選びの段階になって、マーサさんがにっこりとした笑顔を向けながらつぶやいた。

「その指輪に合うドレスにしましょうね」

「……もしかして、みんな……婚約したことを知っているのでしょうか？」

とても小さな声でマーサさんに尋ねてみると力強く頷かれた。

「正式発表はまだなので、誰も口にはしませんけど、わたしたちメイドはみんな知っていますよ」

部屋に着いてから、誰も指輪について言わなかったので、知らないと思っていた。

なぜか急に恥ずかしくなって、顔が熱くなった。

＋＋＋

準備が整ったので、護衛の騎士に連れられて国王陛下の執務室へと向かう。

入室の許可をもらって中に入るとそこには、陛下だけでなくグレン様もいた。

陛下はゆったりとした一人掛けのソファーに座り、ニヤッとした笑みを浮かべている。

対面にある三人掛けのソファーにグレン様が座っていて、少し疲れた表情をしつつ、わたしに微笑《ほほえ》んだ。

「よく来た。まずはグレンの隣に座るがいい」

陛下に促されるまま、わたしはグレン様の隣に腰掛ける。

メイドが紅茶やお菓子を手際よく並べると、部屋から出て行った。

部屋には国王陛下とグレン様とわたしの三人しかいない。

大事な話をするのだと思ったら、自然とゴクリと喉が鳴った。

「そう緊張しなくていいぞ」

陛下は魔王みたいにククク と笑うと紅茶を一口含んだ。

緊張しなくていいと言われるともっと緊張してしまう……。

わたしは膝の上できゅっと拳を握りしめた。

「今日は、今後の予定を話すだけだから、大丈夫だよ」

そんなわたしの様子に気づいたグレン様が、そっとわたしの拳の上に片手を乗せた。

じんわりと温かさが伝わってくる。そのおかげか少しだけ緊張がほぐれた気がする。

もう大丈夫と伝えるために小さく頷きながら微笑めば、グレン様も微笑み返してくれた。

「グレンもそんな顔をするんだな」

陛下はそうつぶやくと、ニヤニヤとした笑みを浮かべながら、グレン様の顔を見つめていた。

グレン様は微笑んではいるけれど、少しだけ目が泳いでいる。

「……もしかして、照れてらっしゃいますか？」

ついぽろりと思ったことを口にすると、グレン様の顔がみるみるうちに赤くなった。

そして、空いているほうの手で顔を隠して下を向いた。

どうしよう……グレン様がものすごくかわいい……！

「ククク……このようなグレンは俺も見たことがない。チェルシーはなかなかやるようだな」

陛下は笑いを堪《こら》えながらつぶやくと、グレン様に睨《にら》まれていた。

「さて、緊張もほぐれたようだし、本題に入るぞ」

陛下はそう言うと、わたしとグレン様の今後の予定について話し出した。

「まずは……我が国では、王族の慶事は大々的に発表する決まりがある」

四年前、第一王子がお生まれになったとき、国中がお祝いムード一色になって、どこもかしこもにぎやかだったと、話には聞いている。

「なのでおまえたち……王弟であるグレンとチェルシーの婚約も大々的に発表する」

陛下の言葉にわたしはこくりと頷く。

それについては、お祖母様《ばあさま》と養母様からふんわりと聞かされていたし、辺境伯領から王都へ向かう馬車の中でグレン様からも聞かされていた。

グレン様の隣にいるために必要なことなので、覚悟している。

「発表は準備期間を考えて、半年後を予定しているが、異論はないな？」

グレン様が頷いたので、わたしもまたこくりと頷いた。

「正式発表するまでは、隠せとは言わんが……控えめにな？　特にグレン」

陛下の言葉を聞いた途端、グレン様の口がへの字になった。

何を控えるんだろう？

わからなくて首を傾《かし》げていると、陛下がニヤッと笑った。

「いずれわかるから、今は気にするな。それでだな」

よくわからないまま、話は進んでいく……。

「婚約発表は王家主催のパーティで行う予定だ」

「パーティに参加するとなると、その前にチェルシーは社交界デビューをしなければならないのでは？」

グレン様が尋ねると陛下は力強く頷いた。

社交界デビューとは王族貴族だけの通過儀礼で、デビューすることで令息令嬢は一人前の紳士淑女とみなされるようになる。

パーティなどの王族や貴族が多く集まる場には、社交界デビューをした者しか参加ができない。

「チェルシーは我が国の社交界デビューがどういったものか知っているか？」

「王家が主催する社交界デビューのためのパーティに参加して、王妃様から花をいただくのだと聞きました」

療養中にお祖母様と養母様から聞いた話を伝えると、陛下とグレン様がうんうんと頷いた。

「そのパーティが一月後にある。チェルシーにはそれに参加してもらう」

「かしこまりました」

陛下の言葉に頷くと、グレン様がわたしに向かって微笑んだ。

「社交界デビューのドレスも用意しないと、だね」

「辺境伯家から持ってきたドレスで参加してはいけないのでしょうか？」

「デビューのときは、純白のドレスでなければならないんだ」

「……カラフルなドレスしか持ってきていません……」

二人で話し込んでいると、真正面に座る陛下が咳払《せきばら》いをした。

「それなんだが……チェルシーの社交界デビューのドレスは、王家が用意する」

「……なぜですか？」

グレン様の視線が陛下へと突き刺さる。

「本来、社交界デビューのドレスは各家で用意するものではないですか。チェルシーは家から遠く離れているため、婚約者の俺が相談役として、用意を手伝うのがスジでしょう？」

陛下は視線をあさっての方向へと向けた。

「……王妃が『義弟の婚約者なら家族も同然』と言い出してな……家族なのだから、手伝って当然だと言っている……」

「……妃殿下が言い出したなら、止められないな……」

グレン様は深い深いため息をつくと、がっくりと肩を落とした。

陛下とグレン様の雰囲気から、王妃様がどんな方なのか気になった。

それを尋ねるより先に、陛下が口を開いた。

「そういうわけで、チェルシーの社交界デビューのドレスの用意は、王妃主導で行う」

陛下は申し訳なさそうに眉根を寄せていた。

「近日中に王妃から茶会という名目で呼び出されるだろう。チェルシーには申し訳ないが……覚悟しておいてくれ」

「何を覚悟するのでしょうか？」

首を傾げながら尋ねると、陛下が渋い表情をしながらつぶやいた。

「茶会のあとにはドレス選びが待っている。女性のドレス選びは戦場に出るのと同等で、覚悟が必要だ……と、王妃から聞いているのでな」

魔力熱を出したあと、急に背が伸びたため、ワンピースやドレスを新調してもらった。

そのときに、部屋に何着もの服が運び込まれて、どれにするかとても悩んだ。

きっとそのことを言っているのだろうと、このときは思った。

それが大間違いだったと、気づくのは翌日のこと……。

＋＋＋

今後の予定を聞き終わって、宿舎のわたしの部屋に戻ると、マーサさんが待ち構えていた。

「ただいま戻りました」

「チェルシー様、おかえりなさいませ！　お待ちしておりました！」

「何かありましたか？」

そう尋ねると、マーサさんが両手の拳をぎゅっと握りしめて、満面の笑みになった。

「実はですね！　妃殿下からチェルシー様へ、お茶会のお誘いが来ました！」

さきほど、国王陛下の執務室で『お茶会という名目で呼び出しがある』と聞かされていたので、わたしは驚かずに頷いた。

「妃殿下からお茶会に誘われるのは、貴族の女性にとってとても名誉あることなんですよ！」

そういえば、養母様もそんなことを言っていた気がする。

「明日のお昼過ぎに妃殿下付きのメイドが迎えに来るそうです！　なので、今日はしっかり休んで、明日の午前中は……！」

「また、磨かれるのですね……」

マーサさんの言葉を遮ってそう言うと、力強く頷かれた。

今朝と同じことを明日もするのかと思うと、少しだけ憂鬱な気分になった。でも、これもグレン様の隣にいるために必要なことだから、がんばろう！

心の中で意気込んでいるとマーサさんがつぶやいた。

「それと、妃殿下のお茶会に誘われた場合、手土産を持参する必要があるんです。何をお持ちしましょうかね……」

「手土産……やっぱり、お菓子でしょうか？」

「そうですね。親しくなれば、ハンカチやアクセサリーなど流行の品を持っていくらしいんですけど、初めてお会いする場合は、お菓子が一番無難でしょうね」

「それならば……ミカさんにお願いして何か作ってもらうというのはどうでしょうか？」

「ミカさんってお菓子も作れるんですか!?」

マーサさんが驚きの声を上げる。

昨日、作ってもらったものは食事がメインだったので、お菓子も作れるとは思っていなかったらしい。

「作れるのよ～。甘いお菓子もしょっぱいお菓子も辛いお菓子も何でも作れるのよ～」

こぢんまりとしたキッチンの前で、調理道具のお手入れをしていたミカさんが振り向いた。

「妃殿下は甘いもの好きで有名ですので、ぜひとも甘いお菓子を！」

マーサさんがそう言うと、ミカさんはアイテムボックスに調理器具をしまいながら頷いた。

「どんなお菓子にするのよ～？」

「アップルパイなんてどうですか!?」

それってたしか、マーサさんの好きなお菓子だったような……。

「ここのキッチンにはオーブンがないから、焼き菓子はムリなのよ～」

ミカさんの言葉にマーサさんはがっくりと肩を落とした。

オーブンが使えないとなると、他にどんなお菓子が作れるのだろう？

首を傾げていたら、ミカさんがぽんっと手を打った。

「チェルシーちゃんが好きな羊羹《ようかん》にすればいいのよ～」

「わたしが好きなもので良いのでしょうか？」

「チェルシー様がお好きなお菓子なら、自信を持って勧められるのでいいと思います！」

わたしの質問にマーサさんが答える。

「材料もあるから、すぐに作れるのよ～」

ミカさんはアイテムボックスの中身を確認しながら、そうつぶやいた。

「どうせなら、チェルシーちゃんも一緒に作るのよ～」

「え？」

突然のことで驚いていると、マーサさんがウォークインクローゼットに向かって歩き出した。

「一緒に作れば、チェルシーちゃんお手製のお菓子になるのよ～。そのほうが王妃様も喜ぶと思うのよ～？」

「わたし、お料理をしたことがないので、ちゃんとできるか……」

今まで一度もお料理をしたことがないので不安だけれど、挑戦してみたい気持ちもある。

迷っているとマーサさんが何かを持って戻ってきた。

「こんなこともあろうかと用意しておいたんですよ！」

そして、持ってきたものを広げて見せてくる。

「お料理にはコレ！　エプロンです！」

マーサさんはそう言うとニコニコしながら、ささっとわたしにエプロンを着せた。

エプロンを身につけるとなんだかお料理ができるような気がしてくる。

「混ぜて固めるだけだから、大丈夫なのよ～。だから、一緒に作ろう……なのよ～？」

ミカさんは期待した目を向けて、尻尾をぶんぶん振りながら、そう聞いてきた。

マーサさんに後押しされて、ミカさんに期待されて……挑戦する勇気が出てきた。

「わたし、がんばって作ります！」

気合を込めて、両手の拳をぎゅっと握ったら、ミカさんとマーサさんが嬉《うれ》しそうに笑った。


それからすぐにわたしとミカさんはキッチンの前に移動する。

「お料理をする前には必ず《清潔《クリーン》》の魔術を掛けるのよ～。これは絶対なのよ～」

ミカさんはそう言うと魔術を掛けた。

わたしは魔術が使えないので、ミカさんに掛けてもらう。

「それじゃあ、お料理開始なのよ～。材料はお水と寒天とお砂糖とあんこなのよ～。使う器具は片手鍋とへら、あとは金属で出来た枠なのよ～」

ミカさんはそう言うとアイテムボックスから、材料と器具を取り出して、キッチンの端に並べた。

「まずはお鍋にお水と寒天を入れて、火にかけるのよ～」

ミカさんの指示に従って、魔道具のコンロの上に片手鍋を置き、お水と寒天を入れる。

火をつけるのは、慣れていないと危ないらしく、ミカさんがつけてくれた。

片手鍋をじっと見ていると、ふつふつと泡が昇り始めた。

「沸騰したら、お砂糖を入れるのよ～。高いところから入れるとお湯が跳ねるのよ～」

ミカさんはそう言うと、わたしを片手鍋から遠ざけて、実演してくれた。

片手鍋の水面から、拳三つ分くらいの高い位置から砂糖を落とすと、ぽちゃんと跳ねて、周りにお湯が飛び散る。

「何か入れるときは、低い位置からそっと入れるのよ～」

今度は低い位置から、そっと砂糖を入れた。

水面は揺れたけど、跳ねなかった。

感心していると、ミカさんから砂糖の入った小皿を渡された。

「チェルシーちゃんもやってみるのよ～」

わたしはミカさんに言われるまま、低い位置からそっと砂糖を入れていった。

それからもう一度沸騰させたあと、火加減を弱めて、あんこを少しずつ入れ、焦がさないようにへらで混ぜ続けた。

「これで羊羹の素が出来たのよ〜。あとは枠に流し込むだけなのよ〜。これは熱いからミカがやるのよ〜」

ミカさんはそう言うと、金属で出来た枠に片手鍋の中にある羊羹の素をすべて流し入れた。

「あとは粗熱が取れたら、保冷庫で冷やすだけなのよ〜」

金属の枠が触れるくらいの温度になるまで待ってから、ミカさんに保冷庫の扉を開けてもらって、ゆっくりと羊羹の素の入った金属の枠を入れた。

ぱたんと扉が閉まる音がしたら、ふーっと体に詰めていた息が抜けていった。

「チェルシーちゃん、お疲れ様なのよ〜」

「お疲れ様でした」

初めてお料理をしたけど、とても楽しかった。

「また機会があれば、お料理したいです」

ぽろりとそんな言葉がこぼれた。

「もちろんなのよ〜！」

ミカさんは満面の笑みを浮かべると、尻尾をぶんぶん振った。

そんなミカさんの近くでマーサさんが腕組みをして考え込んでいる。

しばらくすると、力強く頷いた。

「チェルシー様が今後もお料理をするならば、すごいキッチンに替えてもらいましょう！」

「賛成なのよ～」

「どんな機能があるといいんですか？」

「広いシンクは絶対必要なのよ～。それから並んでお料理ができるように～……」

その後、ミカさんとマーサさんはどんなキッチンにするか長い時間、話し合っていった。

＋＋＋

翌日は予定どおり、朝からメイドたちによって磨き上げられた。

さらに普段よりも凝った髪型にされたり、一番上質な素材で出来たドレスを着せられたりした。

なんだか昨日よりも気合が入っているような……？

『淑女というものは男性に会うときより、女性に会うときのほうが、気合が入るものなのよ』

そういえば、養母様がそんなことを言っていた。

王妃様にお会いするのだから、恥ずかしくないように……ということなのかもしれない。

お昼を過ぎたころ、わたしの部屋に王妃様付きのメイドがやってきた。

「それでは、ご案内いたします」

王妃様付きというだけあって、とても丁寧だけれど優雅な所作で挨拶をしていた。

まるでマナーを教えてくださった講師の先生みたい。

そんなことを考えながら、手には昨日作った羊羹の入った箱を持ち、わたし専属の護衛騎士と一緒にメイドのあとをついていく。

王立研究所の宿舎を出て、城塞の北側へ向かう。

西の大庭園を眺めながら進んでいくと、王族が住まう居城への入り口に着いた。

入り口には、黒い軍服に片方の肩にだけ青いマントをつけた騎士が何人も立っていて、わたしたちを見つめている。

たしか、青いマントをつけている騎士は、王族を守ることを専門にしている近衛《このえ》騎士で、武術系と魔術系それぞれのスキルを持つ、エリートなのだとグレン様が言っていた。

メイドは立ち止まると振り返り、護衛騎士に視線を向けた。

「ここからは結界が張られているため、許可のある者以外、立ち入ることはできません。騎士様にはこちらでお待ちいただくこととなります」

護衛騎士はメイドの言葉に頷くと、その場で礼をして下がった。

城塞内の北側にある居城の周囲には、見えない結界が張られていて、王族と許可のある者しか入れない。

わたしは特別研究員になったときに結界内にお庭をいただいたので、中に入ることができる。

護衛騎士に軽く会釈をしたあと、わたしはメイドとともに結界の中……居城へと足を踏み入れた。

居城にお邪魔するのは初めてのことだったので緊張すると同時にワクワクした。

数歩進むと、後ろから女性の近衛騎士がついてきた。

たぶん、護衛騎士の代わり……ということなのだろう。

ちらりと女性の近衛騎士に振り返って、軽く会釈をするとニコッとした笑みを返された。

居城の中には、凝った彫り物や絵画が多くあって、何度も視線を奪われた。

しばらく進むと色とりどりの花が植えられている中庭が見えてきた。

中庭へと続く扉のそばに、黒いローブに赤い布をかけている女性が立っている。

魔法士団の治癒士イッシェル様と同じ服装なので、この方も魔法士団の人なのだろう。

その女性の前で、メイドは立ち止まった。

「こちらの魔法士団の鑑定士様から、鑑定を受けていただきます」

メイドがそう告げると、鑑定士の女性はわたしのことをじっと見つめた。

「毒物および刃物などの危険物は、持っておりません」

しばらくすると鑑定士の女性はそう告げて、強く頷いた。

メイドも同じように頷くと、中庭へと続く扉を開けて微笑み、手で温室を指した。

「あちらに見える温室に妃殿下はいらっしゃいます。ここからはお一人でお進みください」

「案内ありがとうございました」

わたしはお礼を告げたあと、ゆっくりと中庭に降りた。

色とりどりの花から、様々な香りがしてくる。

甘いものや爽やかなもの……とても不思議な気持ちで進んでいくと温室に着いた。

内側から扉が開き、メイドが顔を覗《のぞ》かせた。

「サージェント辺境伯令嬢でございますね？」

「はい」

「どうぞ、お入りくださいませ」

「失礼いたします」

温室の中も外に負けないくらい色とりどりの花が植えられていた。

その花々の中央に、ティーテーブルと椅子が二脚あり、片側の椅子には美しい女性が腰掛けていて、わたしの顔を見た途端、優雅な仕草で立ち上がるとにこりと微笑んだ。

「直接会うのは初めてかしら。わたくしはクロノワイズ王国、王妃フィオーリアよ」

「初めてお目にかかります。サージェント辺境伯の娘、チェルシーにございます」

何度も練習したカーテシーを披露すれば、王妃様は笑みを深くした。

手土産を持ってきたことを告げると、王妃様はすぐに受け取り、メイドに渡した。

そして、椅子に腰掛けるように勧められる。

「ありがとう存じます」

令嬢らしい言葉を意識しながら答える。

王妃様が椅子に腰掛けたのを確認してから、わたしも座る。

ここまでは療養中に練習したとおりの動きだったので、問題なくできた。

ここからは王妃様とお話しすることになる。

言葉遣いだけでなく、内容にも気をつけなければ……。

そう思った途端、緊張してきた。

わたしがカチコチに固まっているところへ、メイドが羊羹を載せた皿を運んできた。

切り分けた状態で持ってきたので、お皿にはちょこんと一切れだけ載っている。

「まあ……これはなにかしら？」

チョコレートとは少し違う黒い塊を見て、王妃様は首を傾げた。

「こちらはラデュエル帝国の一部の地域でしか栽培されていない小豆を使ったお菓子、羊羹にございます」

「ラデュエル帝国のお菓子なのね。どんな味なのかしら？」

王妃様はそう言うと、羊羹を一口サイズに切り分け、口に運んだ。

出発前に味見をして、ミカさんからもおいしいという評価をもらったけれど……王妃様のお口に合うかは別問題なので、飲み込むまでじっと見つめてしまった。

「これはどう表現したらいいのかしら……スイートポテトよりも滑らかな舌触りで、上品な甘さがとてもおいしいわね！」

王妃様は気に入ってくれたようで、また一口サイズに切り分けて、口に運んでいく。

わたしも羊羹を一口食べて、紅茶を飲んで……少しだけ緊張がほぐれた。

「婚約おめでとう。実の弟のように思っていたグレンくんがついに婚約することになって、とても嬉しく思っているの」

羊羹を堪能したあと、王妃様は紅茶を一口飲むとそう言い、にこりと微笑んだ。

王妃様は、グレン様のことをくん付けで呼ぶくらい仲がいいらしい。

それを知って、少しだけ羨ましいと思った。

「グレンくんは小さなころから大人びていて、聞き分けが良くて、本当に不思議な子だったの。ところがね……」

王妃様はそこで区切るとふふっと笑った。

「たしかグレンくんが六歳のときだったかしら……。政略結婚を前提とした婚約話が持ち上がったの。そうしたら、『国の繁栄のために尽くすから、結婚だけは自分の意志で決めさせてくれ』って言い出して……」

王妃様は笑いを堪えるように膝の上にあった扇子で口元を隠した。

小さなころのグレン様を思い出しているのかもしれない。

「あなたはグレンくんの意志で選んだ婚約者なの。決して政略結婚を前提としたものではないということを覚えておいてちょうだいね」

王妃様はそう言うと、にこりと微笑む。

「はい。忘れません」

右手の薬指につけている婚約指輪に触れながら、わたしは力強く頷いた。

その後、他愛もない話をしていると、王妃様のもとへメイドが近づいて、何かを耳打ちした。

「準備できたのね」

王妃様は嬉しそうに微笑む。

「チェルシーちゃんは社交界デビューのとき、どんなドレスを着るか知っているかしら？」

「純白のドレスを着るのだと……」

国王陛下の執務室でグレン様から聞いた話を王妃様に伝える。

社交界デビューする令息令嬢は真っ白な夜会服やドレスを身につけなければならないこと。

夜会服やドレスは各貴族家が用意するのだということ。

それを聞いた王妃様は、さらに嬉しそうに微笑んだ。

「グレンくんの婚約者なら、家族も同然ですもの。チェルシーちゃんのドレスはわたくしが選びますわ。というわけで場所を変えますわよ」

「は、はい」

王妃様の勢いに飲まれながら立ち上がり、温室の外へ出て、居城へと戻る。

そして、一番近くにある部屋の扉を開けるとそこにはたくさんの白いドレスと布地が並んでいた。

「ここにあるドレスから形を選んで、あちらから布地を選びましょうね！」

奥にはメジャーを持ったメイドやお針子さんの姿も見える。

王妃様の笑顔が、わたしを磨くメイドたちと同じものになっていることに今さら気がついた。

その日の午後、わたしは王妃様によって着せ替え人形と化した……。

＋＋＋

何十着とドレスを試着したり、手触りや質感の違う布地を当てたり……。

それを繰り返して、へとへとになったころ、どこからかカリカリという物をひっかくような音が聞こえた。

音のほうへ視線を向けると、窓の外に猫姿のエレがいて、窓をひっかいている。

どうしてこんなところにいるの？

不思議に思い首を傾げていたら、王妃様が満面の笑みを浮かべた。

「あら、猫ちゃんお久しぶりね。少し大きくなったかしら？　入れてあげてちょうだい」

メイドの一人が少しだけ窓を開ける。

猫姿のエレはその少し開いた窓からするりと部屋の中へと入り、窓枠から床へ飛び降りた。

王妃様はそんなエレの姿に見入っているため、わたしに布地を当てるのをやめる。

『保管庫の精霊たちに言われて来てみれば、チェルシー様が疲れ切っておるではないか』

猫姿のエレがそんなことを言いながら、わたしと王妃様の前まで歩いてきた。

「猫ちゃんが鳴くなんて珍しいわね！」

王妃様はそう言うと、持っていた布地を近くにいたメイドに渡した。

猫姿のエレの声は、精霊と契約している者と特定のスキルを持っている人にしか聞こえない。

普通の人には猫の鳴き声にしか聞こえないらしい。

王妃様はワクワクした様子でしゃがみ込み、猫姿のエレに手を伸ばした。

猫姿のエレはその手をさっと避ける。

「あいかわらずつれないのね。そんなところもかわいいわ……！」

王妃様のつぶやきを無視して、猫姿のエレはわたしの足元へ移動すると、ドレスの裾に前足を伸ばした。

よく見れば、小さな爪が出ていて、ドレスをよじ登ろうとしているらしい。

今着ているのはわたしのドレスではない。穴が空いたり破れたりしたら大変！

わたしは慌てて猫姿のエレを抱きかかえた。

「あら……わたくしには触らせてくれないのに、チェルシーちゃんならいいの？　困った子ね」

猫姿のエレはわたしの腕から肩へと飛び移り、ちょこんと座った。

「まあ、なんてかわいらしいんでしょう！　よっぽどチェルシーちゃんがお気に入りなのね。でも、そんな状態ではドレス選びは続けられないわね」

王妃様はそう言うと、にこりと微笑んだ。

「しかたないわね。少し休憩にしましょう」

少しだけど休める……！

そう思った途端、肩の力が抜けた。

どうやらドレス選びをしている間、ずっと緊張していたらしい。

椅子に座り一息ついていると、肩に乗っている猫姿のエレがつぶやいた。

『保管庫の精霊たちが、チェルシー様の身を案じておった。ブレスレットを通じて、疲れ切っているのが伝わったようで、なんとかしてほしいと願っていたぞ』

「それでエレが来てくれたんだね」

とても小さな声で答えると猫姿のエレはこくりと頷いた。

エレと保管庫の精霊たちに、あとでお礼をしよう。

猫姿のエレがいるおかげで、少しどころかたっぷり休憩したあと、ドレス選びを再開した。

それからまた何着か試着してみると、すごく好みのドレスに当たった。

「とてもかわいらしいですね」

ぽつりとつぶやくと、王妃様が優しく微笑んだ。

「では、このドレスにしましょう。生地は少し光沢のあるものに、刺繍《ししゅう》を入れてもらいましょうね」

「はい」

王妃様の言葉に頷くと、そこでドレス選びは終わった。

こんなに大変なものだったなんて……。

今なら、国王陛下の言っていた『女性のドレス選びは戦場に出るのと同等で、覚悟が必要だ』という言葉が理解できる。

次からはもう少し覚悟と気合を入れて、挑もう！

＋＋＋

ドレス選びの翌日は、疲れているだろうからとお休みをいただいた。

お昼ご飯を食べたあと、ソファーに座りゆっくりと紅茶をいただく。

昨日はグレン様と会えなかった……。

サージェント辺境伯領から王都へ戻るまでの十日間、毎日ずっとグレン様と過ごしていた。

ほとんどの時間を馬車と休憩地、それから各町の宿だけで過ごしていたから、町の中を散策するようなことはなかったけれど、いろいろな話ができて楽しかった。

戻ってきてから会えなかったのは一日だけなのに、なんだかすごく寂しい。

会いたいな……。

右手の薬指につけている婚約指輪を撫《な》でながら小さくため息をつくと、扉をノックする音がした。

ジーナさんが来客の確認をしに向かう。

わたしの座っている位置からは誰が来たのかわからない。

誰が来たんだろう？

首を傾げながら、扉を見つめていると、ジーナさんが戻ってきた。

「王弟殿下がいらしたようなのですが、いかがいたしますか？」

「グレン様ですか!?」

ばっとソファーから立ち上がると、ジーナさんがくすっと微笑んだ。

あまりにも嬉しくて、令嬢らしい言葉も仕草も忘れてしまった……。

すぐに姿勢を正して、ワンピースや髪に乱れがないことを確認する。

「お通ししてください」

そして、ジーナさんに告げた。


ジーナさんに案内されて入ってきたグレン様は、いつもと違って目を泳がせていた。

「約束もなしに来てしまい、申し訳ない」

グレン様はソファーの前に立つとすぐに謝った。

突然の訪問だったけれど、会いたいと思っていたので、とても嬉しい！

「いいえ、来ていただいてとても嬉しいです」

素直に気持ちを伝えると、グレン様はパッと花が開いたように微笑んだ。

なんだか、今日のグレン様は……かわいい！

驚きを隠しながら、ソファーに座るよう勧める。

ジーナさんには紅茶を淹《い》れなおしてもらったあと、壁際に下がってもらった。

ローテーブルを挟んで向かい合わせに座っているので、グレン様の顔がはっきりと見える。

夜のような濃紺色の髪はキラキラ輝いているし、水色の瞳は吸い込まれそう。

いつ見ても天使様のような美しい顔をしていて、見惚《みと》れてしまう。

じっと見つめていたら、グレン様が片手で顔を隠した。

「さすがにその……愛《いと》しい婚約者に見つめられ続けると、照れるというか……」

よく見れば、顔が赤くなっている。

「失礼いたしました」

慌てて視線をローテーブルの上の紅茶へと移す。

……今、グレン様が愛しい婚約者って言ったような……。

それに気がついた途端、わたしの顔も赤く染まった。


二人そろって照れていたら、壁際に立つジーナさんが咳払いをした。

そういえば、馬車の中みたいに二人きりではないんだった……!

姿勢を正して、もう一度グレン様に視線を向ければ、少し耳が赤いだけで、普段どおりの笑みを浮かべていた。

わたしも落ち着かないと……。

ゆっくりと小さく深呼吸したあと、グレン様に問いかける。

「本日はどうされましたか?」

「昨日の妃殿下とのお茶会はどうだったのか、気になってね」

そう言うとグレン様は少しだけ首を傾げた。

「話を聞かせてもらえないかな?」

「もちろんです」

わたしはすぐに昨日の出来事を伝えた。

温室でのお茶会、別室に移動してからのドレス選び、途中でエレが現れて休憩したこと……。

グレン様は私の話に何度も相槌《あいづち》を打ち、最後まで聞いてくれた。

「陛下がおっしゃっていたように、次は覚悟して参加しようと思っています」

そう話を締めくくるとグレン様は優しく微笑んだ。

「とても大変だったね。そういえば、どんなドレスを選んだのかな？」

「それは当日まで秘密です」

人差し指を立て口元に当てながら答えると、グレン様は何度も瞬《まばた》きを繰り返した。

「こういうものは当日まで秘密にしておいたほうが楽しいと王妃様がおっしゃったのです」

グレン様が普段見ないような表情をしていて、少し楽しくなってしまったので、王妃様のおっしゃるとおりだと思った。

「……あの人の入れ知恵か……。それなら、しかたないね」

そう言うとグレン様は苦笑いを浮かべた。

「ところで、婚約発表時のドレス選びについて、妃殿下は何か言っていたかな？」

「いいえ、特に何もおっしゃっていませんでした」

そう答えると、グレン様の目がキランと輝いた気がした。

「では、婚約発表時のドレスは俺に任せてくれないかな？」

「はい、ぜひ」

すぐに頷くと、グレン様は嬉しそうに微笑んだ。

「約束だよ」

そして、小指と小指を絡めて約束を交わした。

2. と 社交界デビュー

I'll Never Go Back to Bygone Days!

十三歳の誕生日を迎えた。

スキルに目覚める十二歳と成人する十五歳の誕生日だったら、盛大にお祝いするのだけれど、そうでない年齢の場合は、家族だけで祝うことが多いらしい。

ちょうどこの日は、マルクスお兄様が国境付近の魔物討伐のためいなかったので、グレン様が未来の家族として祝ってくれた。

プレゼントとしていただいたのは、幅の広いリボンだった。

「普段使いできるもののほうが、使ってもらえるかと思ってね」

「ありがとうございます……！」

生まれて初めて誕生日を祝ってもらったこと、プレゼントをもらったことが本当に嬉《うれ》しくて、自然と頬が緩んだ。

なぜかそのあと、グレン様がほんのり頬を染めて口元を押さえていた。

それから半月後、社交界デビューの日がやってきた。

この日のために連日、髪や体に香油を塗り、マッサージをされ続けた。

そのおかげで、わたしの薄桃色の髪はつやつやと輝き、肌はもちもちしている。

王家主催の社交界デビューのためのパーティは、夕方から始まるため、昼を過ぎてから準備が始まった。

メイドたちによってさらに磨き上げられ、王妃様と一緒に選んだドレスを身にまとう。

あとで王妃様からいただく花を飾るため、髪飾りはつけない。

最後に薄く化粧を施してもらった。

「とてもお似合いでございます」

「チェルシー様が少女から大人へと変わるステキな瞬間ですね！」

「本当に似合っているし、とってもかわいいのよ～！」

ジーナさんとマーサさんとミカさんに褒められて、頬が熱くなっていく。

「鏡で見てみるのよ～」

ミカさんにそう言われ、鏡の前に立つ。

王妃様と一緒に選んだドレスは、形はシンプルなAラインだけれど、上半身にはレースが、裾に近づくほど刺繍《ししゅう》が施されている。

レースも刺繍もつやのある純白なので、角度によって光り輝いて見える。

薄く化粧をしてもらっているのもあって、鏡の中の自分は自分じゃないように思えた。

外が夕焼け色に染まるころ、部屋にノックの音が響いた。

現れたのは、夜会服を着たマルクスお兄様だった。

マルクスお兄様はサージェント辺境伯家の次男で、普段は第二騎士団の副長を務めている。

同じ第二騎士団に所属している婚約者がいるけれど、今日は警備を担当していていないそうだ。

「チェルシーは何を着ても似合うな」

マルクスお兄様はそう言うと、騎士団特有のニカッとした笑みを浮かべた。

社交界デビューをするときは、婚約者または親族をパートナーとして参加することになっている。

わたしの場合、婚約しているので、本当だったらグレン様にエスコートしてもらって参加するのだけれど、正式発表前なので親族であるマルクスお兄様にお願いすることになった。

「ありがとう存じます」

今日は社交の場に出るので、普段よりも特に気をつけて、令嬢らしい言葉を使う。

「では行こうか」

「はい。よろしくお願いいたします」

マルクスお兄様の左腕に、右手をそっと添えて、王立研究所の宿舎を出た。

「今日はこの装いだし、中を通っていこう」

「中とはどちらのことでしょうか?」

首を傾《かし》げたけれど、マルクスお兄様はニカッと笑うだけで教えてくれなかった。

王立研究所の宿舎から、パーティ会場である王城のホールへは、建物の外……南側を通らないと向かえない……と、思っていたのだけれど……。

マルクスお兄様は、宿舎から出ると王立研究所へと入っていった。

中に入ると警備を担当している第二騎士団の騎士が立っていた。

「今日はこのとおり、妹の社交界デビューでな、通るぞ」

「はっ！」

警備をしている騎士はそう答えると、わたしとマルクスお兄様に向かって軽く頭を下げた。

「楽しんできてくださいね」

さらに通りすぎるときにそうつぶやき、ニカッとした笑みを浮かべた。

そのまま王立研究所の建物の中を進んでいくと、一番奥にある両開きの扉の前にたどり着いた。

ここに来るのは初めて……。

マルクスお兄様はわたしに向かってニカッとした笑みを浮かべたあと、両開きの扉を開けた。

扉を開けたそこにも警備をしている騎士が立っていた。

さきほどと同じようにマルクスお兄様が声を掛けたあと、廊下を進んでいく。

北側の窓から西の大庭園が見える。

「王立研究所は王城とつながっているんだ」

つまりここは、王城の中ということ。

「それは知りませんでした」

驚きながら答えると、マルクスお兄様はいたずらが成功した子どものように笑った。

+++

マルクスお兄様に連れられて、ホールの入り口に着いた。

入り口には受付があり、本日デビューする者だと伝えた。

王家主催の社交界デビューのためのパーティに参加する場合、それがデビューする者であってもなくても、事前に伝えておく決まりになっている。

「サージェント辺境伯令嬢チェルシー様とマルクスフォート様でございますね」

受付の男性の言葉にわたしとマルクスお兄様が頷《うなず》く。

「参加者の一覧にお名前がございます。確認が取れましたので、どうぞお進みください」

もう一度、受付の男性に頷いた後、わたしとマルクスお兄様はホールへ足を向けた。

入り口に立った途端、緊張してきた。

目の前にはたくさんの貴族たちがいる。しかも、みんなドレスや夜会服を着ているため、煌《きら》びやかに見える。

つい、マルクスお兄様の腕に添えていた手に力が入った。

「緊張してきたんだな？　こういうときは深呼吸をするんだ。母から言われただろう？」

たしかに養母様が言っていた。

マルクスお兄様の言葉に頷いたあと、周りに悟られないようにゆっくりと深呼吸を繰り返した。

少し落ち着いてきた……よし、がんばろう！

添えていた手の力を緩めると、マルクスお兄様はニカッとした笑みを浮かべた。

改めて見回すと、貴族だけでなく会場も煌びやかだった。

天井からはとても大きなシャンデリアが下がりキラキラと輝いて見える。

扉や柱などについた金具はすべて磨き上げられていてピカピカ光って見える。

そんな会場に、わたしと同じように純白のドレスや夜会服を身にまとった令息令嬢がいた。

わたしと同じか一、二歳年上くらいの彼らも緊張しているようだった。


中ほどまで進み、国王陛下と王妃様がいらっしゃるのを待っていると、声を掛けられた。

「チェルシー嬢ではないか」

声の主は、前国王陛下の弟であるハズラック公爵様だった。

以前、わたしのスキル【種子生成】で生み出した種によって、ハズラック公爵様の孫娘の命を救ったことがある。

それがきっかけで、わたしは国が認める特別研究員になった。

マルクスお兄様の腕から手を離し、ハズラック公爵様に向かってカーテシーをする。

「お久しぶりにございます、ハズラック公爵閣下」

「以前よりもだいぶ背が伸びたようだな。一瞬あの孫娘を救ってくれた特別研究員のチェルシー嬢かどうか悩んだのだが、その薄桃色の髪に紫色の瞳であれば間違いないと思い、声を掛けたんだ」

ハズラック公爵様はそう言うとニヤッとした笑みを浮かべた。

この笑顔、国王陛下とそっくり……王家の血筋なのがよくわかる。

「今日はチェルシー嬢のデビュー日だな。おめでとう」

「ありがとう存じます」

そんな会話をしていると周囲から視線を感じた。

頭を動かさずにちらっと周囲を見てみると、興味深げにわたしたちを見ているようだった。

ハズラック公爵様はニヤッとした笑みのまま、うんうんと頷いている。

「では、また何かあれば頼むぞ」

そう言い残して、ハズラック公爵様は去っていった。

マルクスお兄様の腕にもう一度手を添えると、耳元に向かって話しかけられた。

「ハズラック公爵は、チェルシーを守ってくれるようだ」

意味がわからず首を傾げると、マルクスお兄様は小さな声で詳しく教えてくれた。

ハズラック公爵様の孫娘の命を救った者が、特別研究員になったという話は貴族の間ではとても有名な話らしい。

その特別研究員であるわたしは、社交界デビュー前のため、研究所で働く貴族以外とは顔を合わせたことがない。

だから、会場に入っても誰にも気づかれなかった。

気づかれない、知られていないということは侮られる可能性があるということ。

それを未然に防ぐために、あえて、公爵様はわたしに話しかけて、孫娘の命を救った特別研究員であると言った。

「チェルシーの背後には公爵家があると思わせることで、守ってくれているんだ」

そういうことだったんだ……！

わたしはいろいろな人に守られているのだと実感して、ありがたい気持ちになった。


しばらくすると国王陛下と王妃様が右奥にある扉からいらっしゃった。

陛下と王妃様は、ホールの奥にある他よりも五段ほど高くなっている場所に立ち、会場中を見渡した。

それだけでみんな口を閉ざし、会場はしーんと静まり返る。

「みなよく集まった。存分に楽しむがいい」

陛下がそうおっしゃったことで、王家主催の社交界デビューのためのパーティは始まった。

左奥の壁際に控えていた楽隊が音楽を奏で始める。

メイドが王妃様の隣にあるテーブルに、色とりどりの花を載せた花かごを置いた。

それを確認した宰相様が陛下のそばに立つと、持っていた巻物を広げた。

「これより、本日デビューする者の名を読み上げます。呼ばれた者は、陛下ならびに妃殿下の前までお越しください」

そして、宰相様が名前を読み上げる。

最初に呼ばれたのは、男爵家の令息だった。

名前の呼ばれる順番は、身分の低い者から始まることになっている。

わたしは、侯爵家と同等かそれ以上と言われる辺境伯家の養女であるのと同時に、王族とほぼ同等と言われる特別研究員でもあるため、最後に呼ばれることになっている。

ドキドキしながら待っていると、名前を呼ばれた。

マルクスお兄様の腕から離れて、一人で陛下と王妃様のもとへと向かう。

姿勢よく優雅に見えるようにゆっくりと……養母様の言葉を思い出しながら歩く。

なるべく周囲は見ない。もっと緊張してしまうから……。

階段を上り、陛下と王妃様のもとへついてから、カーテシーをする。

陛下はニヤッと笑い、王妃様はにっこりと微笑《ほほえ》んだ。

「あなたのこれからが幸多からんことを祈っています」

王妃様は花かごから、ひと際大きな白いユリ……カサブランカを取り出すと、渡してきた。

カサブランカを両手で受け取り、軽く頭を下げる。

頭を上げると王妃様は会場の人には聞こえないような小さな声で言った。

「ドレスとても似合っているわよ」

わたしは嬉しくなり、笑顔を向けた。


階段を下りて、マルクスお兄様のもとへ戻ろうとしたところ、グレン様も一緒に待っていた。

グレン様とマルクスお兄様は、今までに何度も一緒に仕事をした関係で、仲がいいらしい。

今もわたしが二人のもとへ着くまでに、グレン様がマルクスお兄様の肩をぽんっと軽く叩《たた》いて、楽しそうに話をしていた。

「おかえり、チェルシー」

「ただいま戻りました。マルクスお兄様。ごきげんよう、グレン殿下」

社交の場なので、令嬢らしい言葉を使って挨拶をする。

「デビューおめでとう。とてもきれいだよ」

グレン様は眩《まぶ》しそうにわたしの姿を見つめたあと、いつものように優しい笑みを浮かべてつぶやいた。

嬉しくて舞い上がってしまいそうになるのをぐっと堪《こら》える。

「ありがとう存じます」

頬は赤くなっていたけれど、きちんと令嬢らしい仕草でお礼を言えたはず……。

「ちょうどいい。殿下に花を挿してもらおう」

マルクスお兄様は、わたしが持っているカサブランカに視線を向けながらそう言った。

王妃様から受け取った花は、令息であれば胸元に飾り、令嬢であれば髪に挿すことになっている。

それを行うのはパートナーであるマルクスお兄様なのだけれど……。

「ああ、いいだろう」

グレン様はそう言うと、わたしに向かって片手を差し出した。

できればグレン様に花を挿していただけたら、嬉しいなと思っていたけれど……、パートナー以外に花を挿してもらってもいいのかな？

マルクスお兄様に視線を向ければニカッとした笑みを浮かべながら頷いている。

大丈夫なのだろうと判断したわたしはそっとグレン様の手に、カサブランカを載せた。

「よろしくお願いいたします」

グレン様は一瞬嬉しそうに微笑むと、顔を近づけてきた。

あまりにも近くて驚いて目を閉じると、グレン様のほうから息を呑《の》むような音が聞こえてきた。

髪に何かが刺さる感じがした。

「つけたよ」

グレン様の言葉を聞き、目を開く。

右手でそっと花が挿してあるところを触ってみる。

「妃殿下が選んだだけのことはあるね。とても似合っているよ」

「ありがとう……存じます？」

お礼を言っていたところ、グレン様の背後で見慣れない令嬢が変わった動きをしていた。

はちみつ色の髪に碧《あお》い瞳、ウェーブがかったふわふわの髪の令嬢は、グレン様の背後から顔を出してはこちらを覗《のぞ》き込み、目が合った途端隠れるというのを何度も繰り返している。

朱色のドレスを着ているので、今日社交界デビューをした人ではなさそう。

首を傾げていたら、後ろから声が掛かった。

「チェルシー嬢、デビューおめでとうっす！　ドレス似合ってるっすよ」

振り向くとそこにはトリス様がいて、夜会服を着て片手を挙げていた。

「ありがとう存じます、トリス様」

お礼を言うと、さっきまでのわたしと同じようにトリス様も首を傾げた。

「ところで、殿下の後ろで変な動きをしてるノエル嬢は何やってるっすか？」

どうやら、グレン様の背後にいる令嬢の名前はノエル様と言うらしい。

トリス様の口ぶりから、ノエル様はトリス様と知り合いのようだけれど……。

視線を向けると、ノエル様はまたしてもグレン様の背後にさっと隠れる。

グレン様が大きくため息をつきながら、振り返った。

「気づかないふりをしていたんだがな……何をやっているんだ、ノエル嬢」

「いや、えーっと、その……」

「言いたいことがあるなら、はっきり言いなさい」

話し方から、ノエル様はグレン様とも知り合いみたい。

ノエル様はグレン様を避けて、体ごとわたしに視線を向けてくる。

目が合うと満面の笑みを浮かべた。

「じゃ、はっきり言います！」

そして、つかつかと目の前まで歩いてくると、わたしに向かって右手を差し出した。

「一目《ひとめ》惚《ぼ》れしました！　友達になってください！」

＋＋＋

ノエル様の声があまりにも大きくて、注目の的になってしまったため、わたしたちはホールから中庭に移動することになった。

「ノエル嬢とチェルシーは面識がないんだ。まずは、自己紹介から始めるべきだ」

隣に立っているグレン様が厳しい口調でそう注意をする。

「そ、そうですね！　大変、失礼いたしました！」

真正面にいるノエル様はさっと姿勢を正すと、令嬢らしい笑みを浮かべた。

「ウィスタリア侯爵の娘、ノエルと申します。どうぞよろしくお願いいたします」

「サージェント辺境伯の娘、チェルシーと申します。王立研究所の研究員をしております」

挨拶をかわすと、ノエル様は両手を組んで、わたしに向かって祈り始めた。

「ああ、チェルシー様、間近で見るとさらにかわいい、かわいすぎます！　どうか友達になってください！」

「え、えっと……」

こういった反応は初めてで、どうしていいか戸惑ってしまう。

ノエル様の気迫に押されて一歩下がると、背後に立っていたマルクスお兄様にぶつかった。

「あまり妹を怖がらせないでくれるかい？」

マルクスお兄様はわたしをかばいながら、ニカッとした笑みを浮かべているけれど、目が笑っていなかった。

少し怒っているのかもしれない……。

「怖がらせるなんて、とんでもない！　私はただかわいらしいチェルシー様を崇《あが》めて……」

「そこまでっすよ、ノエル嬢」

ノエル様が言い終わらないうちに、トリス様がわたしとノエル様の間に割って入った。

「だいたいノエル嬢はいつも唐突なんすよ！」

トリス様はそう言うと、ノエル様に向かって説教を始めた。


わたしとマルクスお兄様、それからグレン様は二人から数歩離れて、様子をうかがう。

「あの失礼かもしれませんが、ノエル様はいつもあのような感じなのでしょうか？」

ノエル様と知り合いのようだったので、グレン様に尋ねてみた。

「黙っていれば普通の令嬢なんだけどね……」

グレン様は苦笑いを浮かべながら、ノエル様について教えてくれた。

ノエル様は、ウィスタリア侯爵家の一人娘で、十二歳の誕生日に【特殊鑑定】という珍しいスキルに目覚めて、一年間制御訓練を受けていたそうだ。

制御訓練のために王立研究所に来ていたときに、グレン様とは知り合ったらしい。

「トリスとは同じ侯爵家で、小さなころから家同士の付き合いがあるらしい。妹と同じ十五歳というのもあって、昔からああやってノエル嬢が暴走するたびに、トリスが説教をしているそうだ」

「それはなんというか……とても大変ですね」

そう答えると、グレン様はまた苦笑いを浮かべた。

説教が終わったようでトリス様とノエル様がこちらへやってきた。

「ほら、謝るっすよ」

トリス様に促されて、ノエル様はしょんぼりと肩を落としながら一歩前に出る。

「チェルシー様、ごめんなさい。突然すぎてびっくりさせていたなんて、気づいていませんでした」

ノエル様はそう言うと、頭を下げてきた。

「次からは気をつけるので、どうか仲良くしてください！」

「はい、よろしくお願いします」

素直に謝れるならノエル様は悪い人ではないのだろう。

そう思いつつ、わたしはコクリと頷いた。

「やった！　これで友達です！　今度お家《うち》に遊びに来てくださいね！」

ノエル様はその場でぴょんぴょん跳ねて喜ぶとその勢いのまま、ホールへ向かって走り出した。

「……最後まで突然でしたね」

ぽつりとつぶやけば、グレン様は苦笑いを浮かべ、トリス様は片手で顔を隠し、マルクスお兄様はため息をついていた。

3. とノエルと昼食会

I'll Never Go Back to Bygone Days!

翌日、改めてノエル様から王都にあるウィスタリア侯爵家の別邸で昼食会をしようという内容の招待状が届いた。

「ウィスタリア侯爵家は、フォリウム侯爵家と並ぶ古い家柄で、二代前の王女殿下がお輿入《こしい》れした歴史ある貴族家でございます」

ジーナさんが招待状を広げながら、ウィスタリア侯爵家について教えてくれた。

二代前の王女殿下がお輿入れしたのをきっかけにして、ウィスタリア侯爵家の警備は手厚くなっているらしい。

さらにその王女殿下の趣味でとても広い植物園があるそうだ。

「味にもうるさい王女殿下に合わせているうちに、ウィスタリア侯爵家の料理はとてもおいしくなっていったって話です！」

マーサさんが話を締めくくるようにそう言った。

とても広い植物園においしい料理……行ってみたいかも……。

「一週間後だと、チェルシーちゃんのお部屋のキッチンの入れ替え工事があるのよ～」

「そういえば、そうでしたね！　工事の音はうるさいので、チェルシー様がよろしければ、外出なさったほうがいいかもしれません」

ミカさんの言葉にマーサさんがそうつぶやいた。

キッチンの入れ替え工事の日と重なっているのであれば、邪魔にならないようにわたしは部屋にいないほうがいいよね。

王立研究所の研究室で過ごすこともできるけれど、せっかくのお誘いがあるのだから……。

「招待を受けたいと思います」

考えた結果、三人にそう告げた。

三人とも笑みを浮かべているので、間違った選択ではないらしい。

「では、後ほどお返事の手紙を書きましょう」

ジーナさんの言葉に頷《うなず》く。

「チェルシー様が招待を受けるとなれば、付き添いを決めなければなりませんね」

未成年の令息令嬢が他の貴族の家に遊びに行く場合、付き添いとして同性の家族または成人したメイドや執事を連れて行くことになっている。

マルクスお兄様は家族だけれど、異性なので付き添いはできない。

そうなると、専属メイドの誰かにお願いすることになる。

「工事の日は、専属メイド筆頭のジーナは監督として必要だし、主にキッチンを使うミカさんも立ち会ったほうがいいと思うんで、私が行きます！」

マーサさんはそう言うと、片手をばっと上げた。

「そうなると思っていたのよ～」

ミカさんが苦笑いを浮かべてつぶやいた。

こうして、当日はマーサさんが付き添ってくれることになった。

＋＋＋

そして一週間後、いつものように朝から磨き上げられ、ひらひらとしたワンピースに着替える。

準備を整えて、王立研究所の宿舎を出ると、すぐ近くにウィスタリア侯爵家の紋章の入った馬車が止まっていた。

「招待状に書かれていたとおり、お迎えの馬車がいらしてますね」

ジーナさんの言葉にわたしは頷く。

「工事はお昼過ぎには終わる予定なのよ～。お夕飯はミカが新しいキッチンで作るのよ～」

ミカさんはそう言うと尻尾を揺らした。

「楽しみにしておきますね」

笑顔で答えると、ジーナさんとミカさんもにっこりと笑みを浮かべた。

「いってきます」

マーサさんとともに馬車に乗り込み、小窓からそう告げた。


馬車は城塞の南門から出て、貴族街へと向かっていく。

その中でとても高い壁に囲まれたひときわ大きな門をくぐる。

門をくぐった先は木々に囲まれていて、森の中に入り込んだような気分になった。

しばらく道なりに進むと、大きな屋敷が見えてきた。

玄関前で馬車が止まり、マーサさんと一緒に降りる。

「ようこそ、お越しくださいました。お嬢様」

そう言って出迎えてくれたのは、白髪交じりの青い髪をした執事だった。

「もうすぐノエルお嬢様がいらっしゃいます」

執事の隣に立っていたメイドがそう告げると同時に、ノエル様が走ってやってきた。

「チェ、チェルシー様！　ようこそお越しくださいました！」

ノエル様は息を切らしながら、そう言うとにっこりと微笑《ほほえ》む。

令嬢は人前で走ってはならないという養母様の言葉が頭をかすめたけれど、すべての令嬢が同じ行動をするわけではないと思い、気にしないことにした。

「本日はお招きありがとうございます」

なるべく優雅に見えるように一礼する。

友達として招かれているので、令嬢らしい口調ではなく、丁寧な言葉遣い程度にとどめておいた。

ノエル様は満面の笑みを浮かべると、庭を指した。

「昼食の時間にはまだ早いので、我が家の自慢のお庭を案内します！」

返事をする間もなく、ノエル様はわたしの右手をさっと摑《つか》んで歩き出した。

いきなり手を繋《つな》いで歩くなんて、思ってなかった……！

驚きつつもそのままノエル様に連れられて歩く。

付き添いのマーサさんは、わたしたちの後ろを少し離れてついてきている。

玄関から別邸の壁に沿って石畳の道を歩いていくと、徐々にハーブの香りが漂ってきた。

そして、建物の角を曲がると広い庭ととても大きな温室が見えた。

「こちらが我が家の自慢の庭と植物園です！」

ノエル様が右手を広げながら、告げた。

ウィスタリア侯爵家の別邸の庭は、びっくりするくらい花がなかった。

「曾《ひい》お祖母様《ばあさま》の趣味で集められた植物はあまり花が咲かないんです！」

ノエル様はそう言いながら、庭に植えられている植物たちを嬉《うれ》しそうに見つめていた。

何かいい思い出があるのかもしれない。

「ハーブが多いのですね」

図鑑に載っていた食べられる植物がたくさん植えてある。

庭の一角を見つめながらそう告げると、ノエル様は満面の笑みを浮かべた。

「そうなんです！　端からミント、バジル、タイム、ローズマリー、フェンネル……」

ノエル様は次々に植物の名前を挙げていく。

「他の同年代の方たちは、我が家の庭を見ても、ただの草が生えてるとしか思ってくれなくて……。チェルシー様だったら、わかってくれるんじゃないかと思ってたんで、嬉しいです！」

ハーブは料理にもお茶にも使える、食べられる植物だから、特によく覚えていたなんてことは、黙っておこう……。

温室に向かって歩みを進めながら庭を観察していると、見たこともない植物があった。

「これは、何でしょうか？」

繋いでいた手を解き、見たこともない植物へ近づく。

ふわりとスカートが揺れて、裾が植物の種らしきものに触れた。

その途端、裾にべったりと植物の種らしきものがくっついた。

「え!?」

驚いていたら、隣から笑いを堪《こら》える声が聞こえてきた。

「その植物は、正式名は別にあるんですけど、曾お祖母様は『ひっつきむし』って呼んでました」

「植物なのにどうして『虫』なのでしょうか？」

スカートの裾についた植物をマーサさんに取ってもらいながら尋ねる。

「曾お祖母様に何度も尋ねたんですけど、『これはそういう名前なの！』というわけで、理由は教えてくれませんでした」

マーサさんが取ってくれたひっつきむしを手のひらに乗せて観察してみる。

種の表面がとげとげしていて、服にひっかかりやすくなっているのだとわかった。

「この『ひっつきむし』は人の服だけでなく、獣の毛皮にもくっつくそうです。どこか別の土地へ運ばれるために、こういう形になったのだと曾お祖母様は言ってました」

ノエル様はそう告げたあと、何種類ものひっつきむしを紹介してくれた。

例えば、アオポの種の外側を一部分だけ、ひっつきむしみたいに服にひっかかりやすくすれば、持ち運びに便利になるかもしれない。

服の内側に忍ばせておく……なんてことができるかも。

種を紹介してもらっている間にそんなことを考えていた。

「そろそろ、植物園へ移動しましょ！」

ノエル様はまたもわたしの右手を掴むと植物園へ向かって歩き出した。

城塞内にある温室よりも一回りも二回りも大きな植物園の中へ入ると、外と違ってむわっとしたものを感じた。

「植物園には少し危険な植物もあるので、触らないでくださいっ！」

ノエル様は満面の笑みを浮かべてそう告げた。

危険な植物!?

わたしはコクコクと何度も頷く。自然と繋いでいた手に力が入った。

「触らなければ大丈夫です！　触らなければ！」

ノエル様はそう言うとあさっての方向を向いた。

「……触ったことがあるのでしょうか？」

覗《のぞ》き込むようにノエル様の顔をうかがえば、苦笑いを浮かべながら、頬をかいた。

「小さいころにどの植物かわからないけれど、触ってしまって、蕁麻疹《じんましん》が出たことがあるんです」

ノエル様はしょんぼりと肩を落とした。

「私みたいなことになったら大変なので、チェルシー様は絶対に触らないでくださいね！」

「わかりました」

素直に頷けば、ノエル様がホッとした表情へと変わった。

ノエル様はくるくると表情が変わって、一緒にいて楽しい。

そう思ったら、わたしも自然に笑うことができた。

植物園の中は外のお庭よりもさらに変わったものがたくさんあった。

「このあたりに植えているのは食虫植物と言って、虫を食べるんです」

ノエル様はそう言うと、細長い器のような形をしたウツボカズラや、葉っぱの端が歯のようにギザギザになっているハエトリグサといった植物を教えてくれた。

甘い匂いで虫を引きつけて器に閉じ込めたり、葉の間に止まった虫を挟んだり、植物は動かないものだと思っていたけれど、そうでもないらしい。

わたしのスキル【種子生成】で生み出した植物も動くようにできるかもしれない。

大きく育つウツボカズラやハエトリグサの種を生み出して、魔物が現れる場所に植えておけば、簡単に捕まえられるようになるかも……！

間違って無関係な人を捕まえる可能性もあるから、わたしの言うことを聞くように願ったものにしておかないとね。

説明が終わると次の場所へと移動した。

「ここにあるのは様々な効果を持つ薬草たちで、しっかり学んだ人しか触ってはいけないと、曾お祖母様から強く言われてます」

ノエル様の言葉に頷く。

植物図鑑には薬草も載っていて、扱い方によっては毒にも薬にもなると書かれていた。

少量であれば痛み止めになるのに、大量だと命まで止めてしまう……なんてものもあった。

量を気にすることなく、痛み止めの効果しか出ない植物の種を生み出せばいいのかも……。

なぜかここにいると新しい種のアイディアがぽんぽん思い浮かぶ。

植物図鑑を眺めるより、実物を見たほうが思いつきやすいのかもしれない。

次に案内されたのは、独特な形をしたとげのある植物たちの一角だった。

見覚えのないものだったので、じっと見つめてしまう。

手のひらくらいの大きさでまんまるなもの。手のひらで丸を作ったくらいの太さだけれど、天井に届きそうなくらい背の高いもの。分厚くてわたしの顔よりも大きい葉っぱが不規則な形で伸びているもの。

どれもこれもとても不思議……。

「これはサボテンっていうもので、荒地でも育つらしいです。曾お祖母様が特に気に入っているのはこっちにある月下美人です」

そう言って指差した先にあるのは、平たくて細長い葉っぱがわさわさと生えている植物だった。

他の植物と同じように独特な形をしているけれど、これのどのあたりが気に入っているのかな？

軽く首を傾《かし》げると、ノエル様がにっこり微笑んだ。

「普通の植物にしか見えないですよね。これは、夜の間だけ美しい花が咲くんです。毎年咲くんですけど、何度見てもすごくきれいでいい香りがするんです」

ノエル様はそのときの光景を思い出しているようで、うっとりとした表情を浮かべていた。

少し温室の蒸し暑さを感じ始めたころ、誰かが入ってくる音がした。

扉のほうへ視線を向けるとウィスタリア侯爵家のメイドがこちらに向かって歩いてきていた。

ノエル様のそばに立つとわたしに向かって一礼した。

「昼食の準備が整いましたので、テラスへいらしてくださいませ」

「じゃ、移動しよう！」

「はい」

コクリと頷くと、手を繋いだまま歩き出した。

＋＋＋

別邸のテラスにはノエル様とわたしの席が用意されていた。

テラスにも様々な植物が鉢植えで置かれている。

たぶんこれも、王女だったノエル様の曾お祖母様の趣味なのだろう。

「ここはこの屋敷の中で一番日当たりのいい場所なんです。曾お祖母様は本当にこの場所が好きで、いつもソファーにもたれて庭を眺めていました」

ノエル様はまたも嬉しそうに笑った。

それからすぐに椅子に座るよう勧められて、ノエル様と向かい合わせに腰掛ける。

テーブルの上にはふわふわの白いパン、それからミニサラダが並んでいる。

メイドがカートを押しながら部屋に入ってきた。

緑色のパスタが載ったお皿と温かそうな野菜たっぷりのスープが並べられていく。

「ウィスタリア侯爵家名物のバジルを使ったカルボナーラです！　温かいうちに食べましょう！」

並べ終わるとノエル様がそう告げた。

お互いに大地の神様に祈りを捧《ささ》げて、料理を食べ始める。

バジルの香りが漂うカルボナーラはチーズがふんだんに使われていて、とてもおいしい。

ミカさんに頼んで、作ってもらおうかな？

そんな考えが浮かぶくらい、おいしい……！

「このバジルのカルボナーラは曾お祖母様が考えたものなんです！　もちろん料理に使われているバジルは……」

「先ほど案内していただいたお庭のものですか？」

「そうなんです！」

そんな会話を挟みながら料理を食べ進めていたのだけれど……お腹《なか》いっぱいになってしまった。

以前よりも食べられるようになったけれど、並んでいる料理の量は普段食べているものの二倍以上はある気がする。

食べきれない。残してしまう……。

悩んでいるとわたしの斜め後ろに立っていた付き添いのマーサさんがこっそり教えてくれた。

「残して大丈夫ですよ。食べきれないくらい料理を振る舞うのは王都の貴族ではよくあることです」

それは養母様から教わっていない内容だったので、コクリと頷いて、半分以上残した。

よく見たらノエル様も残している。

フォークとスプーンをそろえてお皿に置くと、食べ終わったと判断したメイドがテーブルの上にあった食器をカートへと片付けていく。

すべて片付け終わると同時に別のメイドがカートを押して部屋に入ってきた。

テーブルの上には温かな紅茶とデザートとしてガトーショコラが置かれていく。

食後にデザートが出てくるとは思っていなかった！

ガトーショコラは好きなので、できれば食べたい……！

そんなことを考えていたら、目の前に座るノエル様がクスクスと笑い出した。

「チェルシー様、お顔が驚いたり悲しんだりと百面相になってます。時間はたっぷりあるので、デザートはゆっくり食べましょう！」

考えていたことがすべて顔に出ていたなんて……恥ずかしい。

頬が熱くなる中、わたしは小さく「はい」と返事した。

時間をかけてガトーショコラと紅茶を堪能したあと、わたしたちはノエル様の部屋に向かうことになった。

他人の部屋に入るのは初めてなので、ワクワクというよりなぜかドキドキした。

部屋へ向かう間もノエル様はわたしの手をしっかり掴んで離さなかった。

なんだかとてもくすぐったい気持ちになる。

玄関ホールの正面にある階段を上り、最初に見えた木製の扉の前で、ノエル様は立ち止まった。

「ここが私の部屋です！」

ノエル様はそう言うと、部屋の扉を開けた。

目に入ったのは、いたるところにある観葉植物たち。

部屋の隅やソファーの横だけでなく、チェストや勉強机の上など、あらゆるところに置いてある。

サージェント辺境伯家のわたしの部屋……元お母様の部屋はかわいらしいものだった。

あまりにも違いすぎてとても驚いた。

「ノエル様のお部屋は、まるで植物園みたいですね」

部屋を見回しながらそうつぶやく。

「曾お祖母様の影響で、小さなころから植物が好きで……。気がついたら部屋の中にまで植物を飾るようになって、こんな風になってしまいました」

ノエル様はそう言うと恥ずかしそうに微笑み、ソファーの近くにある大きな観葉植物の葉を優しく撫《な》でた。

とても大事にしているのが伝わってくる。

「立たせたままでごめんなさい。ソファーに座ってお話ししましょう」

ノエル様はそう言うと手を引いて、横並びでソファーへと座った。

マーサさんは壁際に立って、わたしたちを優しい目で見つめている。


「お母様は私が小さなころに亡くなって……」

ノエル様は遠くを見つめながら、話し始める。

「私は曾お祖母様に育てられたんです。曾お祖母様は世間からはワガママだと言われていたけれど、私には優しく厳しくとても尊敬できる人でした」

わたしはノエル様の話に、小さく頷く。

「曾お祖母様は私が成人すると旅へ出ました」

ノエル様はたしか、十五歳……成人したばかりのはず。

つまり、曾お祖母様はつい最近亡くなられたのかな……？

わたしの面倒を見てくれた庭師のおじいさんが亡くなったとき、とても悲しかった。

それを思い出してしんみりしていると、ノエル様がムッとした表情へと変わった。

「曾お祖母様はときどきお土産を持って帰ってくるんですけど、いつも私のことなんか忘れたみたいに楽しそうなんですよ！」

本当に旅に出ているだけだった!?

お悔やみの言葉を言わなくて良かった……。

「チェルシー様の家族はどんな方ですか？」

ノエル様にそう言われて、一瞬脳裏をよぎったのはユーチャリス男爵家での日々。

わたしは小さく頭を振ったあと、ノエル様に微笑みながら答えた。

「もともとは男爵家の生まれなのですが、お母様がわたしを産むと同時に亡くなって……」

「私と一緒なんですね」

ノエル様の言葉に小さく頷く。

「いろいろあって、お母様のお兄様であるサージェント辺境伯の養女になりました」

「では、新しいお母様は、伯母様でもあるんですね！」

「はい。今はお母様と呼ばせていただいています。ノエル様の曾お祖母様のように優しくも厳しくもある方です」

療養していた半年間、新しいお母様である養母様は、グレン様に見合う令嬢になるために様々なことを教えてくれた。

マナーに関してはとても厳しかったけれど、きちんと課題を終わらせるととても褒めてくれた。

「とても良いお母様なんですね！　チェルシー様の顔を見ればわかります！」

「はい、とても尊敬できるお母様です」

また考えていたことが表情に出ていたようだけれど、気にせず頷いた。


それからわたしたちは、お互いの好きなお菓子について話をした。

「わたしはプリンが好きです。ぷるんとした柔らかな食感のものも、少し硬めのものも、表面が焦がしてあるものも、カラメルが少し苦いものも、どれもこれもおいしくて……！」

ついついプリンについて熱く語っていたら、壁際に立っていたマーサさんが口を押さえて、笑うのを堪えていた。

「ノエル様は何がお好きなんですか？」

「私はチーズケーキが好き！」

ノエル様が話し始めたときだった。

ガシャーンという何かが割れる大きな音と、男性の叫び声が聞こえてきた。

「お父様!?」

どうやら叫び声の主は、ノエル様のお父様らしい。

ノエル様はサッと立ち上がると、止める間もなく、扉を開けて廊下へと飛び出した。

同時にバタバタという足音がたくさん聞こえてくる。

ノエル様はすぐに部屋に戻ると扉を閉めた。

そして、慌ててわたしの座るソファーまで駆けてきた。

「ど、どうしよう！　知らない人たちがお父様の部屋からたくさん出て……」

ノエル様が言い終わらないうちに扉が開き、黒い服を着た細い男性が部屋へと入ってきた。

他にも何人か黒い服を着た人たちが廊下を走っていくのが見える。

マーサさんがサッと、わたしとノエル様の前に立つ。

ノエル様のメイドは、震えて動けないようだった。

「ちょうどいいところに、人質にできそうなやつがいるじゃないか」

黒い服を着た細い男性の低い声が部屋に響く。

その声に反応して、廊下からさらに黒い服を着た男性が二人ほど、部屋に入ってきた。

最初に入ってきた小太りの男性が部屋をぐるりと見回すと、わたしをじっと見つめた。

「あの娘、代行者様がおっしゃっていたやつじゃないか？」

小太りの男性が、隣に立っていた背の高い男性に問いかける。

代行者ってラデュエル帝国に行ったときに聞いた名前だったはず。

「ピンク色の髪に紫の瞳……間違いない、あの娘だ」

小太りの男性が頷くと、背の高い男性はニタァとした笑みを浮かべた。

「我々はなんて運がいいんだ！　あの娘を殺《や》れば、代行者様がお喜びになる！」

背の高い男性の発言で、部屋にいた男たちがわたしに向かって進んでくる。

「だ、だめです！」

間に立っていたマーサさんが両手を広げて、そう叫んだ。

「おまえは関係ない！」

背の高い男性はそう言うと、マーサさんを勢いよく片腕で振り払った。

その衝撃でマーサさんは部屋の隅まで飛ばされて、苦しそうに体を曲げた。

男爵家の屋敷にいたころ、何度か同じような目に遭ったことがあるので、とても痛いのがわかる。

そんな状態なのに、マーサさんは黒い服を着た男性たちを睨《にら》んでいた。

「用があるのはこいつだけだからな！」

背の高い男性は、目の前まで来ると腰につけていた剣を引き抜き、またしてもニタァと笑った。

そして、剣を高く持ち上げて、わたしを切ろうとした。

わたしは声を出すことも動くこともできなくて、ぎゅっと目を瞑《つぶ》る。

ガキンッという金属がぶつかる音がするだけで、痛みを感じない。

ゆっくり目を開けると、何かに弾《はじ》かれて、男性の持つ剣はわたしに届かないようだった。

「は!? なんだこれは！」

男性は何度も剣で切りつけようとしてくるけれど、わたしは無傷のまま。

ほんのり右手の薬指につけている指輪が温かいことに気がついた。

そうだ！　グレン様からいただいた婚約指輪は、防御の魔術が自動で発動するんだった！

剣で傷つけられないとわかった男性は、わたしに手を伸ばそうとしたけれど、何かに弾かれて触ることもできなかった。

「くそっ！　なんなんだ！」

背の高い男性が苛立《いらだ》たし気《げ》にそう叫ぶと、小太りの男性がつぶやいた。

「傷つけられないなら、その娘は後回しだ。他の女たちを人質にするぞ」

小太りの男性と様子を見ているだけだった細い男性が、部屋の隅に投げ飛ばされたマーサさんと、壁際で動けずに固まっているメイドと、ソファーの前でガタガタと震えているノエル様を次々に縛り上げていった。

「こいつらに手を出されたくなければ、大人しくこの部屋にいろ」

細い男性がそう告げる。

わたしは頷くことしかできなかった。

幕間1. グレンとエレ

Interlude

クロノワイズ王国の王弟、グレンアーノルド・スノーフレークは王城にある自身の執務室で、領地経営に悩んでいる貴族から相談を受けていた。

グレンは公には【転生者】であることを隠している。

だが、前世の知識と経験があるため、幼いころから周囲の者たちに助言を行っていた。

その結果、今では貴族たちの相談役として、一目置かれる存在になっている。

「ありがとうございました！」

助言を受けた貴族はお礼を告げると、ほっとした表情になり執務室から退出した。

扉が閉まる直前、銀色の毛並みの猫がするりと執務室へ入ってきた。

相談を受けていた直後のため、部屋にはグレン以外誰もいない。

「……ここに来るとは珍しいね」

グレンは小首を傾《かし》げながら、猫……精霊を統べる王エレメントの仮の姿に向かって話しかける。

猫姿のエレはふわりと浮かぶと、下座側にある応接用ソファーの上に移った。

そして、一度深呼吸をしたあと、さらりと告げる。

『単刀直入に言おう。チェルシー様が何者かに捕まった』

グレンは一瞬驚きの表情を見せたが、すぐに周囲を凍《い》てつかせるような冷たい笑顔になり、先ほどまで座っていた上座側の応接用ソファーへ腰掛けた。

「詳しく聞こうか」

猫姿のエレを睨《にら》むように見つめつつ、グレンが話を促す。

『チェルシー様がウィスタリア侯爵邸を訪れているのは知っているであろう？』

グレンは頷《うなず》いて答える。

『チェルシー様に差し上げた精霊樹でできたブレスレットは、精霊界にある保管庫とつながっている。そこを管理している精霊たちが、チェルシー様が大変なことになっていると騒ぎ出した』

保管庫の精霊たちは以前、社交界デビュー用のドレスを選ぶときに、チェルシーが疲れ切っていることに気づき、エレに報告をしていた。

『詳しく聞いてみると、男の叫び声と何かが割れるような音がしたあと、チェルシー様がいた部屋に何者かが押し入ったそうだ』

落ち着いた様子の猫姿のエレとは対照的に、グレンは今すぐにでも執務室を飛び出していきそうだ。

「……チェルシーは無事なのか？」

絞り出すような声で尋ねたグレンに、猫姿のエレは首を傾げた。

『婚約指輪として、指輪型の魔道具を与えたのであろう？』

クロノワイズ王国の宝物庫に保管されていた指輪型の魔道具は、装着者に危険が及ぶと、自動で防御の魔術が発動する。

グレンが【鑑定】スキルで確認したかぎり、その指輪型の魔道具が発動させる防御の魔術が破られることはない。

その国宝級の指輪を、グレンは婚約指輪としてチェルシーに与えていた。

チェルシーが無事だとわかった途端、グレンの冷たい笑顔がほんの少し和らいだ。

さらに猫姿のエレは、付き添いのメイドがケガをしていること、ウィスタリア侯爵の娘ノエルとそのメイドが縛り上げられていること、ノエルたちに手を出されたくなければ大人しくしているようチェルシーが脅されていることを告げた。

『状況から考えるかぎり、ウィスタリア侯爵自身も何者かに捕まっている可能性がある』

猫姿のエレの言葉に、グレンは頷く。

「第一にすべきことは、チェルシーを救出することだね。では、作戦会議を始めようか」

グレンはそう言うと、猫姿のエレに向かって、獲物を前にした狼《おおかみ》のような笑みを向けた。

4. 小さな精霊

I'll Never Go Back to Bygone Days!

わたしは今、ウィスタリア侯爵家の別邸の二階にあるノエル様のお部屋に軟禁されている。

マーサさんはわたしをかばってケガをした。そんな状態なのに縛られて床に転がされている。

ノエル様とそのメイドも縛られて、床に座らされていた。

みんなの周りには黒い服を着た男性が三人立っていた。

わたしはグレン様からいただいた指輪型の魔道具のおかげで、ケガをすることも縛られることもなく、ソファーに座っている。けれど、何か動きを見せたら、ノエル様たちに手を出すと脅されて何もできないでいた。

……どうすればいいのだろう。

わたしは祈るように手を交差させ、先ほど起きたことを思い出しながら悩んでいた。

しばらく悩んでいると、目の前を小さな光が通りすぎていった。

光はピカピカと点滅を繰り返している。

目だけでそれを追っていると、わたしの目の前で止まった。

『チェルシーさま、はじめまして！　ぼくは、ほかんこのせいれい……じゃなかった、でんたつのせいれいだよ』

ただたどしい言葉でそう告げた伝達の精霊は、点滅するのをやめた。

保管庫の精霊って、もしかして、精霊界にあるわたし専用の保管庫の精霊のことかな？

たしか、保管庫を管理している精霊たちは、階級的にこちらの世界には来られないってエレが言っていたはずだけれど……？

『チェルシーさまのようすを王さまにつたえていたら、かいきゅうが上がって、外に出られるようになったんだよ！』

まるでわたしが考えていることがわかるかのような返事があって驚いた。

『でんたつのせいれいだから、わかるよ！　チェルシーさまがつたえたいことなら、ばっちりつたわるよ！』

驚いて声を出しそうになったけれど、祈るように交差させていた手で口を塞いだ。

ひとまず、この小さな光が伝達の精霊だということは理解できた。

それとは別に先ほどから気になっていることがある。

わたしの前でこんなに光っていたら、怪しい動きをしていると思われて、ノエル様たちに手を出されるのでは……？

『ぼくのすがたは、チェルシーさまにしか見えないから、あんしんしてね！』

見えないなら、怪しい動きとは思われないはず。

『ぼくはチェルシーさまにつたえたいことがあって、外に出てきたんだ』

何を伝えに来たのかな？

じっと小さな光を見つめていたら、またピカピカと点滅し始めた。

『チェルシーさまがたいへんなことになってるって、王さまを通じて、グレンでんかにつたえてもらったよ』

え？　それって、つまり……。

『たすけが来るからあんしんしてね！』

伝達の精霊の言葉に頬が緩んでいく。

それを隠すために交差させていた手で、今度は顔を隠した。


安心したことでさっきよりも周囲のことを考えられるようになった。

助けが来るのなら、ここで待っていたほうがいい。

待っている間にわたしにできることはないかな？

そう考えたとき、床に転がされているマーサさんが視界に入った。

マーサさんは背の高い男性に振り払われて、部屋の隅まで飛ばされた。

苦しそうな表情をしているので、打ち身や擦り傷が出来ているに違いない。

マーサさんの手当てをしよう！

でも、勝手に動いたら男性たちから何をされるかわからないので、手当てをする許可を取ろう。

許可さえ取れれば、精霊界にある保管庫から傷薬の種を取り出して、マーサさんに飲ませるだけ。

傷薬の種は、エリクサーの種やアオポの種のように、丸くて栓がついている黄色いもので、飲むとどんな傷でも治すことができる。

問題があるとすれば、いつものように取り出せば、目の前に傷薬の種が現れてしまうこと。

突然現れると男性たちに怪しまれるかもしれない……。

どうしようかな……。

『それなら、チェルシーさまの手のひらにあらわれるように、ぼくがつたえてくるよ！』

伝達の精霊はそうつぶやくとピカッと眩《まばゆ》く光ったあと、消えた。

しばらくするとふわっと光が現れた。

『ほかんこのみんなにつたえてきたよ！　これからはブレスレットのついているほうの手のひらの前にあらわれるよ！』

わたしは小さく頷《うなず》いたあと、交差していた手をはずし、ぎゅっと握りしめた。

ここは勇気を出すところ！

「……あの！」

気合を込めて、マーサさんのそばにいる小太りの男性に声を掛ける。

「……なんだ？」

今まで大人しくしていたのに、急に声を掛けたからか、小太りの男性は怪訝《けげん》な顔をした。

「部屋から出ないので、マーサさんの手当てをさせてください」

わたしの言葉にマーサさんは驚いていた。

小太りの男性が、背の高い男性と細い男性に視線を向ける。

二人とも軽く頷いた。

「こいつは関係ないもんな。いいぞ」

「ありがとうございます」

小太りの男性にお礼を告げたあと、ゆっくりとマーサさんに近づき、その場に座った。

マーサさんの弱々しい声を聞いて、胸がぎゅっと締め付けられる。

「チェルシー様……」

「かばってくれて、ありがとう……」

小さな声でお礼を告げるとマーサさんが泣きそうな顔になった。

わたしはワンピースのポケットに左手を入れる。左手首には精霊樹でできたブレスレットがついている。

傷薬の種を返してください……と心の中でつぶやけば、以前生み出した種がポケットの中の手のひらに収まった。

元からポケットに入っていたかのように、傷薬の種を取り出す。

「これを飲んでください」

小声でつぶやいたあと、栓をはずして、マーサさんの口にそっと傷薬の種を当てた。

こくりと喉が動くのが見えたので、すぐに種を離す。

マーサさんは一瞬驚いたあと、わたしに視線を向けた。

『チェルシーさまのくださったくすり、すごい。まったくいたみがなくなったけど、とつぜんなおったらあやしまれるし、もう少しいたいふりしておかなきゃ……って言ってる』

伝達の精霊がマーサさんの頭の上に止まりながら、そう教えてくれた。

それと同時にマーサさんは苦しそうな表情を浮かべる。

意図を理解できているという意味を込めて、小さく頷いたあと、先ほどまで座っていたソファーに戻った。

ソファーに座るのと同時に、外が騒がしくなった。

金属のぶつかり合う音や人の叫び声が聞こえてくる。

『たすけが来たよ』

伝達の精霊の言葉に、顔に出さないように喜んだ。

「ちょっと加勢してくる」

背の高い男性が窓から外の様子をうかがったあと、そうつぶやき、部屋を出て行った。

部屋に残ったのは小太りの男性と細い男性の二人。

ちらりとノエル様に視線を向けると、ニヤッとした笑みを浮かべた。

伝達の精霊がノエル様の頭の上に止まる。

『なわぬけはしゅくじょのたしなみ……ちょっとのしてくる！　って言ってる。のしてくるって何だろう？』

え？

と思った瞬間、ノエル様はするりと縄から抜け出し、背中を向けていた小太りの男性に突進した。

あまりにも突然のことだったので、小太りの男性は何もできず、そのまま床に倒れる。

そしてノエル様は小太りの男性をゲシゲシと踏みつけた。

反対側の壁際……マーサさんのそばにいた小太りの男性が助けに行こうとした。けれど、マーサさんが足を引っかけて転ばせる。

男性二人が床に倒れているのを見て、わたしはとっさにスキル名をつぶやいた。

「種を生み出します――【種子生成】」

ぽんという軽い音がしたあと、わたしの手のひらに乗るくらいの涙型の大きな黒い種が現れる。

願ったのは、先ほど植物園で考えた対魔物用の大きなハエトリグサの種。

とにかく土に植えなきゃ……！

ソファーの横にある大きな観葉植物の根元の土に素早く種を差し込む。

あっという間に芽が伸びていく。それと同時に根が太くなり、植木鉢を割った。

芽は五本に分かれると人を包み込めるほどの大きな葉っぱになった。

根は四本に分かれて、人や獣の足のように床に立った。

驚いて何度も瞬《まばた》きを繰り返していると、大きなハエトリグサの葉が、わたしに向かってまるでお辞儀をするような動作をした。

わたしもつられて頭を軽く下げる。

大きなハエトリグサは、素早い動きで床に倒れている細い男性を葉っぱで挟んだ。

細い男性は声を出す間もなく、挟まれてじたばたともがいている。

「ひぃぃぃぃぃ！」

挟まれていない小太りの男性が、ハエトリグサを見て、怯《おび》えた表情になった。

ノエル様は驚いていたけれど、途中でハッとした表情になり、小太りの男性を踏むのをやめて、数歩離れた。

ハエトリグサはノエル様に向かってお辞儀をすると、小太りの男性を葉っぱで挟んだ。

挟まれている男性たちは、葉っぱのとげから微妙に手足や頭がずれていて、ケガはしていない。

でも、身動きはできない。

そんな状態で、ハエトリグサは天井近くまで持ち上げたり、急に床ぎりぎりまで下ろしたり……という動作を繰り返している。

なんだか、とても楽しそうに見えるのは気のせいかな……？

そんなことを考えていたら、ノエル様が叫んだ。

「今が逃げるチャンスです！」

ノエル様はすぐに隣に座っていたメイドの縄を解く。

わたしも急いでマーサさんの縄を解いた。

「ありがとうございます」

マーサさんがお礼を言ったところで、部屋の扉が勢いよく開いた。

黒い服の男性の仲間が来たのかと思って、身構えたけれど、現れたのはグレン様だった。

「チェルシー！」

グレン様はわたしに駆け寄ると、そのまま優しく抱きしめてくれた。

さらにわたしの肩に顔をうずめて、つぶやく。

「無事で良かった……」

消え入りそうなとても小さな声だったけれど、とても心配していたのだと伝わった。

「グレン様がくださった指輪のおかげで、傷一つありません。ありがとうございます」

そう伝えるとぎゅっと強く抱きしめられた。

しばらくグレン様に抱きしめられたままでいたら、背後で咳払《せきばら》いが聞こえてきた。

そういえばここは、ノエル様の部屋で他にも人がいる場所で……！

モゾモゾと動いたら、グレン様が体を離してくれた。

「こんな状況だし、しかたないね」

グレン様は少し寂しそうな顔をしたあと、視線をわたしの背後へと向けた。

それに合わせてゆっくりと振り返る。

顔を赤くして両手で頬を隠しながら、わたしとグレン様を見ているノエル様。

腰に手を当てて怒っている風なマーサさん。

ノエル様付きのメイドは視線を外して何も見なかったことにしてくれているみたい。

それから、大きなハエトリグサの葉に挟まれている男性たちは、いまだに上下に振られてぐったりしている。

最後に大きなハエトリグサの残りの葉三枚がグレン様に向かってお辞儀をした。

「いろいろ聞きたいことはあるけれど、あとにするね」

グレン様は複雑な表情をしながらそう告げた。

＋＋＋

結局、ウィスタリア侯爵家の別邸にいた黒い服の男性たちは、グレン様が引き連れてきた騎士団と精霊姿で大暴れしていたエレによって捕縛されたそうだ。

ノエル様の部屋に押し入った小太りの男性と細い男性……大きなハエトリグサの葉に挟まれてい

た二人も魔力封じの腕輪をつけたあと、葉っぱから解放されて、フラフラした足取りで連行されていった。

ウィスタリア侯爵家当主やノエル様、それからメイドや執事といった屋敷で働いている人たちはすぐに事情聴取を受けるらしい。

わたしも事情聴取が必要だけれど、未成年であるのと屋敷の住人ではないため、ひとまず宿舎へ帰って休むように言い渡された。


日が暮れて、街灯や建物から漏れる明かりを馬車の小窓からちらりと見つめる。

グレン様は事後処理があるそうで、馬車の中にいるのは付き添いで来ていたマーサさんとわたしだけ。

普段ならあれこれ話してくれるマーサさんがずっと黙ったまま下を向いている。

何か話しかけたほうがいいのかな……？

そう思って向かいに座るマーサさんに視線を向けると、小さな光が点滅していた。

『つきそいとしていっしょに来たのに、チェルシーさまにこわい思いをさせるなんて、メイドしっかく……本当にわるいことをしてしまったって言ってる』

伝達の精霊がマーサさんの心の声を教えてくれた。

「今日はマーサさんが付き添ってくれて、助かりました。ありがとうございました」

わたしの言葉に、マーサさんが勢いよく顔を上げた。

「お礼を言うのは私のほうです。チェルシー様は私のケガの手当てをしてくれました！」

マーサさんは目に涙をたくさん浮かべてそう言った。

「ありがとうございました」

マーサさんはその場で深々と頭を下げた。

頭を上げたときには、涙はこぼれ落ちたあとのようで、瞳は潤んでいるだけだった。

わたしはマーサさんの言葉を素直に受け取って、大きく頷いた。

「ところで、お聞きしたいんですけど！」

マーサさんは残っていた涙をハンカチで拭いたあと、そう言ってきた。

「ケガの手当てとして飲ませていただいた薬は、とても高価なものだったんじゃないですか？」

わたしのスキル【種子生成】で生み出したものだから、高価どころか無料……。

「いいえ」

首を横に振ると、マーサさんは眉間にシワを寄せた。

「一瞬ですべてのケガを……ぶつかって痛かった場所だけでなく、荒れていた手も治す薬なんて、相当高価なもののはずです！　分割になるかもしれませんが、お支払いします！」

またしても頭を下げられた。

「あのとき使ったのはわたしのスキルで生み出した種で……」

そういえば、スキルを使って種を生み出している姿は何度か見せたことがあるけれど、その種がどういったものかという話はしたことがなかった。

改めてわたしのスキル【種子生成】で生み出した種について説明したところ、マーサさんが目を見開いて驚いた表情になった。

「つまり、あの薬はチェルシー様が生み出した種だったんですね……」

「はい」

コクリと頷くと、マーサさんはハッとした表情になった。

「もしかして、あの男たちを捕獲した大きな葉を持つ植物もチェルシー様が生み出したんですか？」

「そうです。植物園で見せていただいた食虫植物のハエトリグサを参考にして生み出した種から、育ったものです」

マーサさんは驚きすぎて、目を見開いたまま、さらに両手で頬を押さえた。

ちょっと変な顔になっていて、面白くなってしまう。

「チェルシー様のスキル、本当にすごいですね！　植物なのに会釈をしたり歩き回ったりしてましたよね!?」

グレン様が来たあとに知ったのだけれど、大きなハエトリグサは、太い根を使って歩くことができるらしく、挟んでいた男性を解放したあとは、ウィスタリア侯爵家の別邸の庭をウロウロしていたそうだ。

その後、耕したばかりでまだ種を蒔《ま》いていない場所を見つけると、自ら植わったらしい。

「わたしも動く植物が生み出せるとは思っていなかったので、驚きました」

「チェルシー様のスキルは無限の可能性を秘めてるんですね！」

マーサさんはそう言うとにっこりと微笑《ほほえ》んだ。

願えばどんな種でも生み出せる。

自力で歩く植物が生み出せたなら、他にどんなものができるだろうか？

「歩く植物がいるなら、次は飛ぶ植物とかどうですか？　それから、高い場所の物を取ってくれる植物とか、踏み台になってくれる植物なんかもいいですね。あとあと、お掃除をしてくれたり、料理をしてくれたりするなんてどうですか？」

それからマーサさんと宿舎の部屋に着くまで、今まで考えたこともなかった動く植物について話をした。

みんなの役に立つ植物だったら、生み出してもいいかもしれない。

スキルの研究のひとつとして、グレン様やトリス様に相談してみよう。

＋＋＋

「ただいま戻りました」

王立研究所の宿舎の部屋にマーサさんとともに入ると、ジーナさんとミカさんが出迎えてくれた。

「おかえりなさいませ、チェルシー様」

「おかえりなさいなのよ～！　心配してたのよ～！」

ジーナさんは涙目で、ミカさんは尻尾をピンと立てて緊張しているみたい。

「殿下が出発前に、チェルシー様が軟禁されていると教えてくださいまして……。本当にケガはございませんか？」

「はい、ありません」

ジーナさんの言葉にこくりと頷く。

「きっと疲れて帰ってくると思ったから、疲れに効く夕ご飯にしたのよ～！」

ミカさんはそう言うと、ちらりと右手の壁際に視線を向けた。

そこにはもともとこぢんまりとしたキッチンがあったのだけれど、今はその壁の部分が壊されて、隣の部屋とつながっている。

「え？」

キッチンを改装するとは聞いていたけれど、隣の部屋と続き間にするとは聞いていない。

どういうこと!?

驚いていると、ミカさんが尻尾を揺らした。

「チェルシーちゃんと一緒にお料理ができるように広くしてほしいと言ったら、こうなったのよ

～」

「ちょうど隣の部屋が空いておりましたので、キッチンルームにしていただきました」

ジーナさんは先ほどとはうってかわって、にっこりとした有無を言わさぬ笑みを浮かべている。

「そ、そうなんですね」

なんだか、これ以上深く聞いてはいけない気がするので、頷いておいた。


かなり遅い時間だったので、すぐに夕ご飯を食べることになった。

キッチンルームからカートが出てきて、湯気の立つ料理がダイニングテーブルに並んでいく。

大地の神様に祈りを捧《ささ》げたあと、すぐに食べようとしたのだけれど、どれもこれも普段よりもとても熱かった。

豚肉とアスパラの入ったグラタンは、本当に出来立てで、何度もふうふうと冷ましながら食べた。

他にはきのこたっぷりのクリームスープがあり、ほっとする味がして、とてもおいしかった。

最後にデザートとして、イチゴソースたっぷりのレアチーズケーキが出てきた。

「おいしい……」

ぽつりとつぶやくと、近くに立っていたミカさんの尻尾がぶんぶん揺れた。

「これからはどんな料理も作れるのよ～。食べたい物があったら、教えてほしいのよ～」

食べたい物……う～ん？

お腹《なか》いっぱいなので、すぐに何が食べたいか思いつかない。

「思いついたら伝えますね」

ミカさんにそう言うと、嬉《うれ》しそうに尻尾を揺らした。

＋＋＋

ネグリジェに着替えて、そろそろ寝ようかという時間にノックの音が響いた。

どうやらグレン様がやってきたらしい。

慌ててカーディガンを羽織って、出迎える。

「こんな姿で申し訳ございません」

そう告げるとグレン様が視線をそらせた。

「いや、こちらのほうこそ、こんな遅い時間に申し訳ない……」

グレン様はウィスタリア侯爵家の別邸にいたときと同じ服装のままで、疲れ切った表情をしている。

「とりあえず、ソファーにお掛けになって……」

「いや、すぐに済むことだから」

ひとまず、ソファーに掛けてもらおうと勧めたのに断られるなんて、とても珍しい。

どうしたんだろう？

不思議に思って首を傾《かし》げたら、優しい笑みを返された。

「これを渡したくて……」

グレン様はそう言うと、何もない場所……アイテムボックスから紙包みを取り出した。

素直に受け取って、中を開くとふんわりと優しい香りが広がった。

「怖い目に遭ったあとは、眠れなかったり、寝ているときにうなされたりするから、安眠できるようにラベンダーのポプリを持ってきたんだ」

手のひらにちょこんと乗るほどの小さなラベンダーのポプリは、かわいらしいピンク色の布に包まれている。

心配して持ってきてくれたんだ……！

「ありがとうございます。大切に使わせていただきますね」

微笑みながらお礼を告げると、グレン様の顔がほんのり赤くなった。

「そこまで喜んでもらえると、こちらまで嬉しくなるね」

しばらく二人で微笑み合っていると、ジーナさんの咳払いが聞こえてきた。

「長居するつもりはなかったんだ。チェルシーが無事なのも確認できたし、そろそろ戻るよ」

グレン様はそう告げると、すっとわたしの右手を取り、甲にキスをした。

「おやすみ、チェルシー」

こんな風な触れられ方は初めてだったので、恥ずかしくて口をパクパクさせている間に、グレン様は部屋を出て行った。

+++

ラベンダーのポプリのおかげで悪い夢を見ることもなく、ぐっすり眠ることができた。

翌日の午前中はいつものようにわたし専用の研究室で、魔力の総量を増やすためのお茶会を行いつつ、事情聴取を受けることになった。

事情聴取はなるべく一人ずつ行いたいとのことで、マーサさんにはテーブルにお菓子や紅茶を並べたあと研究室から出てもらった。

部屋にいるのは、わたしとグレン様、それから扉の前に立つ騎士だけ。

その騎士も、昨日の現場に来ていた騎士団の方だそうだ。

「それじゃ、昨日の出来事について……そうだな、異変を感じたところから聞いてもいいかな？」

「はい」

わたしは頷いたあと、ノエル様の部屋で起こった出来事について話した。

物が割れる音と男性の叫び声が聞こえて、ノエル様が部屋を飛び出したこと、戻ってくると同時に男性たちが押し入ったこと、マーサさんがかばってくれたこと、わたしのことを代行者様がおっしゃっていた娘だと言っていたこと、思い出せるかぎりのことを話していく。

「代行者か……」

グレン様がぽつりとつぶやく。

「ラデュエル帝国に行ったときにも何度かその名前を耳にしましたが、何者でしょうか？」

首を傾げると、グレン様は何度も瞬きを繰り返した。

「そういえば、チェルシーには説明していなかったね。代行者というのは神がこの世界を創ったあと、神話の時代に精霊を統べる王エレとともに繁栄をもたらした人物だそうだ」

神話の時代というのはずっと昔のこと。

代行者というのは今も生きているのかな？

生きているとしたらどうしてエレは代行者と一緒にいないのだろう？

たくさんの疑問が浮かんでは消えていく。

「……ひとまず代行者のことはあとにして、話の続きを聞いてもいいかな？」

グレン様の言葉に頷いたあと、ノエル様の部屋で起こった出来事の続きを話し出す。

「伝達の精霊さんが現れて……」

そう言ったところで、グレン様が首を傾げた。

伝達の精霊はティーポットの上に止まって、点滅を繰り返している。

「ここにいる小さな光の……」

手で場所を示したけれど、グレン様は困った表情を浮かべるだけだった。

『いまのぼくは、せいれいとチェルシーさまにしか見えないから！』

伝達の精霊がなぜか得意気にそう言うと、グレン様の表情に変化があった。

「今、声が聞こえた」

グレン様は不思議そうな表情のまま、わたしが先ほど示したティーポットの上に手を伸ばす。

伝達の精霊はその手を避けると、ふわりと浮かんだ。

「……これはエレに詳しく聞くべきだね」

グレン様がそう言うと伝達の精霊がくるりと宙を回った。

『王さまをよんでくる！』

伝達の精霊はそう言うと、わたしの左手首につけているブレスレットの中へと消えていった。

しばらくすると、猫姿のエレがふわっとテーブルの真横に現れる。

『何用だ？』

猫姿のエレはそのまま、わたしの隣の椅子に降り立つと大きく欠伸《あくび》をした。

「俺には伝達の精霊が見えなくて、【鑑定】スキルで確認することができないんだ。詳しく教えてもらえないか？」

『ほう……！　グレンでも、伝達の精霊の姿は見えないのか。それは面白いことを知った』

グレン様の言葉に、猫姿のエレは驚くような素振りを見せたあと、くくくと笑った。

猫が笑っているように見えるってすごく変な感じ……。

エレはひとしきり笑うと、ぷかぷかと浮いた。

『グレンに見えぬという伝達の精霊は、こちらの世界に現れることができる精霊の中では一番下の階級に当たるものでな』

猫姿のエレは、伝達の精霊を前足でつんつんと軽くつつきながら話し始める。

『本来、低位の精霊というものは自分本位で動くか、上位の命令に従うだけなんだが、ときどき、他者のために動こうするものが現れる』

猫姿のエレがつつくたび、伝達の精霊は『わー』とか『きゃー』とか楽しそうな声を出す。

『そういった他者のために動ける精霊が行動しつづけると階級が上がり、上位の精霊へと変化する』

「つまり、伝達の精霊はチェルシーために行動したということか?」

グレン様の問いに猫姿のエレが頷いた。

『もとはチェルシー様専用の保管庫を管理していた精霊の一体だ。何度もチェルシー様の様子を伝えたことで、階級が上がった』

そういえば、ラデュエル帝国からサージェント辺境伯家の屋敷へ戻る途中、ニセモノの占い師に襲われたけれど、そのときにも保管庫の精霊は、火の精霊アイリーンに危機を伝えてくれた。

『階級が上がったことで、こちらの世界に現れることができるようになった。だが、まだ小さな光の姿にしかなれぬ』
猫姿のエレが大きくつつくと、伝達の精霊はそのまま部屋中をふわふわと漂い始めた。
『今後もチェルシー様の役に立つ行いを続ければ、形あるものに変化するであろう』

「伝達の精霊についてはわかったから、事情聴取に戻るね」

グレン様はそう言うとわたしに視線を向けた。

わたしは一度頷き、伝達の精霊が現れてからのことを話し出す。

「伝達の精霊さんから助けが来ると聞かされたので、部屋で待つことにしました」

部屋で待っている間にできることをしようと、マーサさんのケガの手当てをしたいと申し出たことを伝えると、グレン様が何度も瞬きを繰り返した。

「犯人に交渉するなんて……怖くなかったのかい？」

「……そういえば、ケガをしないとわかってからは、怖くなかったです」

そう答えると、グレン様はう～んと唸《うな》った。

「もしかしたら、男爵家にいたころの影響かもしれないね」

男爵家にいたころは、ムチ打ちなどの体罰が当たり前で、痛い思いをしない日はなかった。

痛いことは怖いけれど、痛くなければ怖くない。

心のどこかにそう刻み込まれているのかもしれない。

「それで、どうやって手当てをしたんだい？」

「ポケットの中に傷薬の種を出してもらって、マーサさんに中の液体を飲んでもらいました」

わたしはそう言ったあと、心の中で傷薬の種を返してもらえるよう念じた。

すると手のひらに栓のついた黄色い種が現れる。

「飲んでもらったのはこの種です」

傷薬の種を見せると、グレン様は苦笑いを浮かべた。

「これはまたすごい種だね……」

『ケガを完全回復させるとは、エリクサーの種と大差ないな』

エリクサーの種はどんな病気も治すもので、傷薬の種はどんなケガでも治すもの。

わたしの中では違うものだと思っていたのだけれど、そうじゃないの？

首を傾げていたら、猫姿のエレが大きくため息をついた。

『我の知る限り、傷を治す飲み薬はない』

「え？」

「世間一般で言われている傷薬っていうのは、塗り薬なんだ。しかも、治すのに数日かかる。完全回復させることができるのは、【治癒】スキルだけのはずだよ」

『つまり、エリクサーの種と同様に、傷薬の種も存在を隠さねばならんという話だ』

エリクサーの種、アオポの種に続いて、傷薬の種も隠さなきゃいけないなんて……。

猫姿のエレの言葉に肩をがっくりと落とした。

「……続きを聞いてもいいかな？」

グレン様の言葉にこくりと頷く。

「手当てが終わってから、外が騒がしくなって……」

部屋にいた男性が一人減ったあと、ノエル様が縄抜けをして男性を抑え込み、マーサさんが足を引っかけてもう一人の男性を転ばせた話をする。

「わたしも何かしなければと思って、新たな種を生み出して、植木鉢に植えました」

ウィスタリア侯爵家の別邸にある立派な植物園。

そこで見た食虫植物のハエトリグサ。

魔物の出る場所に植えて、捕まえてくれたらいいと考えたこと。

他の人が間違って捕まってしまっては困るから、言うことを聞く植物になったらいいと考えたこと。

それらを伝えるとグレン様はくくくと魔王のように笑い出した。

「魔物を捕まえるため……か。サージェント辺境伯領は魔の森と接していて、魔物がよく現れる土地だから、自然とそういう考えになったんだね」

「はい」

「昨日、花壇の隅に自ら植わった大きなハエトリグサを【鑑定】スキルで確認したんだけど、チェルシーを害するものを捕まえるって書かれていたよ」

グレン様はそう言うとアイテムボックスから、手のひらくらいの大きさの涙型の黒い種を取り出した。

「大きなハエトリグサは一晩で枯れて、種をひとつつけていたと、報告があった。それがこの種」

あの葉っぱを使ってお辞儀をする大きなハエトリグサは枯れてしまったんだ……。

「この種は植えればいつでも、チェルシーを守ってくれる。いざというときのために大事に保管しておいたほうがいい」

グレン様から涙型の黒い種を受け取ると軽く撫《な》でた。

「わかりました。保管庫の精霊さんに預かってもらいます」

そうつぶやくと、大きなハエトリグサの種がぱっと消えた。

幕間2. グレン

チェルシーの事情聴取を終えたあと、俺は料理人のミカを連れて、城塞の東の端にある監房の塔を訪れていた。

そこには昨日、捕縛した男たちが収容されている。

昨日のうちに【鑑定】スキルを使い、捕縛した男たちの名前や職業、年齢などの個人情報は把握済みだ。

さらに騎士たちの手によって取り調べを行ったのだが、誰一人として、ウィスタリア侯爵家の別邸を訪れた理由やチェルシーたちを人質に取った理由を話さなかった。

しかたないので、料理人のミカを連れてきたというわけだ。

ミカは【料理】スキルを持つ料理人であると同時に、賢者級の【尋問】スキルを持っている。

「チェルシーちゃんが大変なときに一緒についていてあげられなかったのよ～！　その分、がんばるのよ～！」

【尋問】スキルを使ってもらいたいと頼みに行ったとき、ミカはそう言って拳を握りしめていた。

そんなやる気いっぱいのミカと一緒に取り調べ用の個室へと入る。

中には昨日、大きなハエトリグサの葉に挟まれていた小太りの男が魔力封じの腕輪をつけた状態で、椅子に座らされていた。

先に取り調べを行っていた騎士に視線を向けると首を横に振られた。

つまり、昨日と同じように何も話さなかったというわけだ。

俺はため息をつきつつ、騎士と入れ替わるように小太りの男の向かいの椅子へと腰掛けた。

「再度確認しよう、名前は何というんだ?」

俺の問いかけに対して、男は口を開かず横を向く。

俺はもう一度大きくため息をついた。

「名前はバッカス、年齢は二十八、もともとは行商人をしていて、現在の職業は嫉妬に駆られた代行者の崇拝者……となっているな」

【鑑定】スキルを使ってわかったことを言葉にすると、小太りの男……バッカスはこちらを向いた。

「状態は良好だな。特に異常もないから、口がきけないわけではないね」

さらにそう告げると、バッカスはとても嫌そうな表情をしてきた。

嫉妬に駆られた代行者の崇拝者。

以前、ラデュエル帝国の精霊樹を伐採するよう皇帝をそそのかした詐欺師と同じ職業だ。

そういえば、あの詐欺師の男は『祝福：原初の精霊樹の灰』というものを受けていたのだが、目の前にいるバッカスは受けていない。

「おまえは、祝福を受けていないのだな」

「なんでそれを！」

バッカスは誰の目にもわかるくらい動揺し、椅子から腰を浮かせた。

原初の精霊樹の灰の効果は、転移や転送ができることと瘴気《しょうき》の影響を受けないことだったはずだ。

監房の塔に収容されている男たちには、原初の精霊樹の灰の効果はなかった。

もしや、祝福を持っている者だけ転移を使って逃げたのだろうか？

「おまえたちは祝福持ちに見捨てられたのか」

カマをかけてみると、バッカスの顔がみるみるうちに赤くなった。

「ああ、そうだ！　あいつらは俺らを囮《おとり》にして逃げやがった！」

バッカスは机を睨《にら》みつけると叫ぶ。

「俺たち新参者には祝福がない！　祝福持ちのあいつらはいつも俺たちをバカにしていた！　それを見かねた側仕《そばづか》え様が、役に立てば、代行者様に祝福していただけるよう頼むと言ったんだ！」

「どんな役に立とうとしていたんだ？」

「それは……！」

バッカスはそこでハッとした表情になった。

「ダメだ。あいつらは許せないが、代行者様を裏切るなんてことはできない！」

そう言うとまた口を閉ざした。

今の話で、他にも動いている者がいるというのはわかった。

さらに追及すべきだろう。

「この先はミカに頼みたい」

ミカへと視線を向ければ、こくりと頷《うなず》きガッツポーズを取った。

「やるのよ～！」

俺は椅子から立ち上がる。代わりにミカがバッカスの向かいの椅子に座る。

ミカが大きく深呼吸をしたあと、姿勢を正した。

「ではこれから、ミカが【尋問】を始めます。きちんと詳しく答えてください」

普段とは全く違う口調でミカが話し出す。

「バッカスさんは何をするために、ウィスタリア侯爵家の別邸に来ていたのですか？」

「植物園にある強壮草を入手して、仲間のもとへ運び出すためだ」

バッカスの口からするりと言葉がこぼれる。

本人は目を見開いて驚いていた。

植物園の一角に生えていたはずの植物がすべて抜き取られていた。

ウィスタリア侯爵に確認したところ、強壮草だということはわかっている。

強壮草は、前世の滋養強壮剤と同じく、体力を前借りして一時的にとても元気になる薬草で、効果が切れると極度の疲労状態に陥る。

また、まるで肉の熟成のように、採取して一日経《た》たないと効果が出ない。

さらに日が経つにつれて効果が薄くなっていく。

そんな扱いづらく、流通には向いていない薬草をなぜ入手しようとしたのか？

ミカも同じ疑問にたどり着いたようだ。

「強壮草を入手して何に使うのですか？」

「飼ってる魔物に食べさせる」

バッカスはカタカタと歯を鳴らし震えながら、ミカの【尋問】に答えていく。

「食べさせるとどうなるのですか？」

「たくさん食べさせると元気になりすぎて、狂暴化する」

俺は驚き、ミカへと視線を向ける。

ミカは頷くと、【尋問】を続けた。

「その魔物を使って何をするつもりですか？」

バッカスは手で口を押さえて、これ以上何もしゃべるまいとしていたが、抵抗もむなしくあっさりと答えた。

「原初の精霊樹を破壊し、ピンク髪の女を暗殺するためだ」

その言葉を聞いた瞬間、俺はバッカスに対して冷ややかな視線を向けた。

それに気づいたバッカスはあからさまに怯《おび》えた表情になる。

「もっと詳しい話を聞こうじゃないか」

その後、ミカの魔力が尽きる直前まで、あれこれと【尋問】を続けた結果、バッカスたちがいつ何をしようとしているのか判明した。

＋＋＋

「ミカの【尋問】スキルによって、あの男たちの目的がわかった」

尋問後、すぐにチェルシー専用の研究室へと戻り、精霊姿のエレに告げる。

「彼らの第一目的は、城塞内にある原初の精霊樹の破壊。第二目的はチェルシーの暗殺だそうだ」

「なぜ、原初の精霊樹とチェルシー様を狙う……！」

精霊姿のエレは眉根を寄せて、つぶやいた。

窓の外にはガラスのような葉や幹を持つ原初の精霊樹があり、夕日によって赤く輝いて見える。

「それはエレのほうが詳しいんじゃないか？」

エレは下を向くと、ため息をついた。

「……代行者が関係しているのはわかっておる」

精霊を統べる王であるエレも【鑑定】スキルと同じように、相手の情報を知ることができる。

「代行者の側仕えが『代行者が喜ぶから』という理由で、原初の精霊樹の破壊とチェルシーの暗殺を命令しているらしい」

　バッカスから聞いた話をエレにすれば、しょんぼりとした声が聞こえてきた。

「原初の精霊樹を破壊すれば、我は精霊界へと戻ることになる。チェルシー様を亡き者にすれば、契約者がいなくなり、我がこの世界に留《とど》まる理由がなくなる」

　またしてもエレは大きくため息をついた。

「……代行者は我を嫌っているのだろう」

「それはどうだろうな？」

　命令をしているのは側仕えであって、代行者本人ではない。

　それを精霊姿のエレに伝えると、険しい表情になった。

「……代行者は利用されている可能性もあるのか」

「本人に確認したいところだね」

　そう言うと、精霊姿のエレは口元に手を当てた。

「チェルシー様に苦労を掛けるが、代行者に会いに行くべきであろうな……」

「ひとまず今は、原初の精霊樹とチェルシーを狙う者たちを捕まえることを優先しようか」

　俺の言葉に精霊姿のエレは頷いた。

「ところでグレンよ。原初の精霊樹には、結界を張ってあるのではないか？」

「ああ、張ってある」

「チェルシー様には、防御の魔術が発動する指輪を与えておったな？」

「ああ。原初の精霊樹にもチェルシーにも傷一つつくことはない」

きっぱりと言い切る。

「今夜、祝福持ちの崇拝者が魔物を連れてやってくる」

強壮草の効果が表れるのは、採取して一日後にあたる今日の昼すぎ。

そして、崇拝者たちは闇に紛れて活動するために黒い服を身につけているというバッカスからの情報を合わせれば、決行は今日の夜だとわかる。

「手を出しても無駄だということをしっかり教え込まねばなるまい」

精霊姿のエレはくくくと笑いながらそう告げ、俺は力強く頷いた。

5. と光る芝生

I'll Never Go Back to Bygone Days!

夕方、グレン様がわたしの部屋を訪れた。

ソファーに向かい合わせになって座る。

「こんな時間にごめんね」

グレン様はそう言うけれど、夕食前のこの時間は本を読むくらいでこれといってすることはないので、問題はない。

むしろ、グレン様に会えて嬉《うれ》しい……！

「実は早急に伝えなければならないことがあってね……」

グレン様は言葉を濁しながらそう言うと、夕食の準備をしているミカさん以外のメイドたちを部屋から下がらせた。

「昼過ぎにミカに頼んで捕まえた男たちを尋問してもらったんだ」

たしかミカさんは賢者級の【尋問】スキルを持っていて、どんな質問にも相手は答えてしまうんだったかな……。

ラデュエル帝国でミカさんがスキルを使っていた様子を思い出しながら頷《うなず》く。

「今夜、原初の精霊樹とチェルシーを狙って、男たちがやってくる」

グレン様はそう言うと、男性たちの目的や強壮草を食べさせると魔物が狂暴化することなどを、詳しく教えてくれた。

「原初の精霊樹には結界が張ってあるし、チェルシーには防御の魔術が発動する指輪を渡してある。どんなことがあっても、絶対に傷つけたりしない」

ちらりと右手の薬指にはまっている婚約指輪に視線を向ける。

装着者の身に危険が及ぶと、自動で防御の魔術が発動する指輪型の魔道具は、ノエル様のお部屋でわたしの身を守ってくれた。

「ただ、万が一のことを考えて、今夜は精霊樹のそばで過ごしてほしい」

「どうしてでしょうか？」

「守るべき対象が二カ所に分かれると、守りが薄くなるから……。さらに言えば、同じ場所にいてくれれば、敵も一カ所に集まって、一網打尽にできるからね」

納得してこくりと頷く。

「それであの……わたしはいつから精霊樹のそばにいればいいのでしょうか？」

「できればすぐに」

グレン様はそう言うと、口元に手を当てた。

「男たちは闇夜に紛れて行動するつもりで、黒い服を着ていたみたいなんだ」

つまり、日が沈んであたりが暗くなったらこっそり動き回るということ。

原初の精霊樹のそばには王立研究所があるため、研究室の窓から漏れる明かりで真っ暗にはならないだろうけれど、それでも黒い服を着ていれば目立たない。

「捕まえるときに、黒い服だと見つけづらそうですね」

「《灯り《ライト》》の魔術で照らす予定ではあるけど……」

魔術みたいにパッと明るくできたらいいのに……。

そこでハッと閃《ひらめ》いた。

わたしはすぐに左手につけている精霊樹の枝で出来たブレスレットに向かって、植物図鑑を返してくれるよう念じる。

左手にパッと植物図鑑が現れる。

それをすぐに開いて、ヒカリゴケというコケのページを見せた。

「このヒカリゴケのように光る芝生の種を植えるのはどうでしょうか？」

ヒカリゴケは特定の洞窟にしか生えない特殊なコケで、衝撃によって光り出すらしい。

「衝撃で光るのではなく、わたしの声で光ったり消えたりする芝生を精霊樹のそばに植えて……」

わたしの考えを説明するとグレン様はいたずらをする子どものようにニヤッと笑った。

「いいね。一定の明るさがあれば、騎士や魔法士たちも動きやすくなる」

「精霊樹のそばだけでなく、研究所の南側一面にしましょうか。広いほうが戦いやすいですよね」

「もちろん、今夜使うためにすぐに芽生えて広がるものだね」

グレン様と光る芝生について詳細を詰めていき、コレ！　というものを考えた。

「わたしの声で光ったり消えたりする光る芝生の種を生み出します――【種子生成】」

ぽんっという軽い音がしたあと、わたしの手のひらに細長くて小さな種が落ちた。

+++

その日の夜。

わたしは精霊樹の根元ではなく、太い枝の上にクッションを敷き、幹にもたれながら座っていた。

木の上は結界の範囲内なのだそうだ。

膝には猫姿のエレ、頭上には伝達の精霊がいるので、寂しくはない。

本当は男性たちが現れるまでグレン様が一緒にいてくれると言っていたのだけれど……。

『原初の精霊樹の生みの親とも言えるチェルシー様であれば許されるが、そうでない者が木の上に上がるなど許すわけがなかろう』

と、猫姿のエレに言われて、わたしだけが木の上で待つことになった。

夜も更けて、王立研究所の研究室の灯《あか》りがほとんど消えたころ、伝達の精霊がピカピカと光りながらくるりと飛び回った。

『わるいやつが来るよ！』

伝達の精霊の言葉に、木の下を見つめた。

ぼんやりとだけれど、人影が見える。

芝生を踏む音もするので、すぐ近くにいるのだとわかった。

『今がチャンスだよ！』

伝達の精霊の言葉を聞き、わたしは叫ぶ。

「芝生さん光って！」

精霊樹の周囲の芝生が一斉に光り出す。

「なっ！」

男性の一人が声を上げる。他の男性たちは声のしたほう……木の上のわたしに視線を向けた。

「あんなところにピンク髪がいるぞ」

ノエル様の部屋で見た背の高い男性がわたしを指しながら叫ぶ。

「ちょうどいいじゃねえか、目標がそろってるなんてなぁ！」

精霊樹に一番近い場所に立っていた声の低い男性がそう叫ぶ。

すると、背の高い男性が大きく首を横に振った。

「いや、あいつは攻撃が効かないんだ」

「そんなわけねぇだろ」

別の男性がそう言うと、わたしに向かって弓矢を放った。

原初の精霊樹に掛けられた結界の内側にいるので、だいぶ離れた場所で矢が弾《はじ》かれて落ちた。

「うわ、マジだ」

「どうするよ？」

「精霊樹を切り倒せば、木から落ちてケガするか、最悪死ぬだろうよ」

声の低い男性の言葉に他の男性たちは頷いた。

「じゃあ予定どおりにいくぞ」

芝生が光っているのにもかかわらず、声の低い男性は余裕の表情でそう言った。

そして、地面に何かを叩《たた》きつける。

その何かが割れると、もくもくと煙が広がっていった。

「さあ、おまえたちの好きな木の根を食いやがれ！」

声の低い男性が叫ぶと同時に煙が消えて、大人と同じくらいの背丈の大きなネズミがたくさん現れた。

ネズミたちは周囲を見回したあと、すごい勢いで精霊樹に近づいてくる。

男性たちはネズミの様子を見つつ、わたしに向かってニヤニヤとした笑みを浮かべた。

精霊樹から数歩離れた場所で、ネズミたちは見えない結界にぶつかり転がった。

「は？」

男性がそんな声を上げるのと同時に、待機していたグレン様と騎士、魔法士が現れた。

「……《閉鎖》《シャットダウン》！」

さらにグレン様が魔術を発動させる。

この魔術は転送や転移ができなくなるというもので、今のところグレン様にしか使えないらしい。

「原初の精霊樹には、強力な結界を張ってある。魔物が来ようが火事が起ころうが傷つけることはできない」

「そんなバカな！」

先ほども疑ってかかった男性が精霊樹に向かって矢を放つ。

矢は見えない結界にぶつかると、べぃんという変わった音を立てて、地面に落ちた。

男性たちの表情が焦りへと変わっていく。

「う、うわあああ！」

背の高い男性が懐からナイフを取り出すと、近くにいた騎士に向かって切りかかった。

金属のぶつかり合う音が響くと、他の男性たちも騎士や魔法士たちに向かっていく。

そのうちの一人がグレン様に向かって、弓を構えた。

「ダメ！」

わたしは叫ぶと同時に、あらかじめ用意していた大きなハエトリグサの種を投げた。

種は地面に落ちた途端、あっという間に育ち、五枚の葉を生やした。

大きなハエトリグサは、すぐに弓を構えていた男性を葉で挟み、動けなくする。

「……!?」

挟まれた男性は驚きすぎて声が出ないようだった。

グレン様に視線を向ければ、口の動きで「ありがとう」と言われたのがわかった。

「もうよかろう」

いつの間にか精霊姿に戻ったエレがそう言いながら、精霊樹の根元に立つ。

「雷よ！」

エレは大きなネズミたちに向かって雷を降らせ、気絶させた。

「くそ、撤退だ！」

劣勢だと悟った男性の一人が、声を上げた。

男性たちはすぐに武器を捨て、両手を組み合わせると祈るように叫んだ。

「「代行者様、力をお貸しください！」」

けれど、何も起こらなかった。

「なぜ、転移できない！」

「俺たちは見捨てられたのか!?」

「代行者様が見捨てるわけがないだろ！」

グレン様の魔術で転送や転移ができなくなっているのだけれど、誰もそのことを口にしなかった。

たぶん、見捨てられたと勘違いしてくれているほうが、あとで尋問するときに話を聞きやすくなるからじゃないかな。

混乱しているうちに男性たちは魔力封じの腕輪をつけられ、捕らえられた。

Interlude

幕間3. グレン

捕まえた男たちは全員、『原初の精霊樹の灰』の祝福を受けた転送や転移ができる者だった。

その中の一人で大きなハエトリグサに挟まれて、ひたすら上下運動を繰り返されていた男を選び、取り調べを行うことにした。

男の名は、ビリー。職業は元狩人《かりゅうど》、嫉妬に駆られた代行者の崇拝者。『祝福：原初の精霊樹の灰』を受けている。

取り調べ用の部屋に入るとビリーはすでに椅子に座っており、イライラとした表情を浮かべている。

俺は持ってきていた鉢植えの普通のハエトリグサをテーブルに置いた。

「それは……！」

ビリーはそう言うとガタガタと震えて怯《おび》えた表情へと変わる。

大きなハエトリグサに上下運動されたことがトラウマになっているようだ。

嫌がらせと脅しを兼ねて持ってきたのだが、正解だったらしい。

「さて、知っていることを話してもらおうか」

俺は厳しい目を向けた。

ビリーはチラチラと植木鉢のハエトリグサに視線を向けながら話し出す。

ウィスタリア侯爵家の別邸には強壮草の取引で訪れたこと。

当主と交渉したところ、『祖母のものだから渡すことはできない。必要ならば、祖母に交渉してくれ』と断られたこと。

交渉決裂したときのために待機していた仲間たちを呼び、祝福持ちは強壮草を盗み、そうでない者は囮《おとり》となって暴れたこと。

強壮草は魔の森に住む、代行者の側仕《そばづか》えの男の屋敷に運んだこと。

翌日、強壮草をたんまり食べさせて狂暴化したネクイネズミを呼び出す小瓶を、側仕えの男から受け取ったこと。

夜中に精霊樹の破壊とついでにチェルシーの暗殺を行う予定だったこと。

途中からヤケになったようで洗いざらい吐いた。

「これで全部だ」

ビリーはそう言うと鉢植えのハエトリグサから視線をそらせた。

俺はしばらく黙ったままビリーを見つめる。

話した内容に嘘《うそ》は感じられなかった。

だからこそ、疑問に思うことがある。

「ずっと気になっていることがあるのだが、この計画は代行者本人が実行するように言ったのか？」

「いや、側仕え殿が原初の聖霊樹を切り倒せば、代行者様が喜ぶと言って、計画を立てた」

「チェルシーの暗殺に関しては？」

「たしか、魔鏡っていう世界中のあらゆる場所を見ることができるアイテムにピンク髪の少女が映ってて、それを見た代行者様が『許せない』って言ったから殺せって……」

「代行者が殺せと言ったのか？」

「違う！　代行者様はお優しい方だから、そんなことは言わない！」

「では誰が言ったんだ？」

「……側仕え殿だ」

そう言うとビリーはハッとした表情になった。

「もしかして、俺たちは側仕えの野郎に騙《だま》されたのか!?」

「可能性は高い」

「あの野郎！」

ビリーはそう言うと怒りで打ち震えていた。

6. 謝罪とお礼

I'll Never Go Back to Bygone Days!

昨日は普段よりも遅くまで起きていたので、目が覚めたのは昼前だった。

疲れているだろうと思って、寝かせてくれたらしい。

身支度を整えたあと、朝ごはんのような昼ごはんを食べる。

ミカさん特製のエッグベネディクトは、間にベーコンとアボカドが挟んであって、とてもおいしかった。

食後の紅茶を啜《すす》っていたら、ジーナさんが手紙を持ってきた。

「ウィスタリア侯爵家のノエル様がチェルシー様にお会いしたいとのことですが、いかがいたしますか？」

「すぐにでも会いたいです」

そう答えるとジーナさんはにっこり微笑《ほほえ》んだ。

「ではそのように返事をしておきます」

三の鐘が鳴ると同時に、部屋にノエル様がやってきた。

返事をしたその日のうちに来るとは思っていなくて驚いた。

「どうぞ、お掛けください」

ソファーに座るよう勧めたけれど、ノエル様は動かない。

どこかしょんぼりした様子というか、元気がないような？

首を傾《かし》げていたら、ノエル様ががばっと頭を下げた。

「チェルシー様、先日はごめんなさい！」

「え!?」

あまりにも突然のことで驚いていると、ノエル様は頭を下げたまま話を続けた。

「この間、我が家に来ていただいたときのことです」

それだけで何かを察したメイドたちがすすすっと部屋から出て行く。

「あの日、父の悲鳴を聞いて廊下に出なければ、チェルシー様を巻き込むことはなかったんです。

本当にごめんなさい」

ノエル様はそう言うと、ぽたりと床に涙がこぼれた。

「と、とりあえず、顔を上げてください！」

オロオロしながらそう言ったけれど、ノエル様は顔を上げてくれない。

「……その、ノエル様が家族を大切に想《おも》っているというのは、先日お伺いしたときに感じました」

わたしの言葉に、ノエル様は頭を下げつつも頷《うなず》く。

「そんな大切な家族の悲鳴を聞いて、じっとしていられる人はいないと思います」

サージェント辺境伯家の誰かが同じように悲鳴を上げていたら、わたしもノエル様と同じように部屋を飛び出してしまうと思う。

それくらい優しく、時に厳しくしてもらった。

とても大切な家族だからこそ、そういう行動に出るのだと思う。

ノエル様はわたしの言葉を聞いているけれど、顔を上げてはくれない。

『相手が謝罪してきたとき、許すと言わないかぎり話が終わらないときがあるの。そういうときは許すと言うと同時に、何かしら条件をつけるものなのよ』

養母様の言葉を思い出して、小さくため息をついた。

「わたしはノエル様を許します。ただし、条件があります」

「……ど、どんな条件でしょうか」

ノエル様が頭を下げたまままつぶやく。

「あらためて、わたしと友達になってください」

「え!?」

わたしの言葉に驚いたようで、ノエル様が顔を上げた。

「チェルシー様に迷惑かけたのに、私が友達になっていいんですか!?」

「あのね、ノエル様」

敬語やお嬢様らしい言葉をやめて、普段のわたしの口調で話しかける。

「生まれて初めて友達の家に遊びに行ったの。とても楽しかったから、また植物園に行きたい。お昼ごはんもおいしかったから、また一緒に食べたい。ノエル様とこっそり街に買い物にも行きたい。そういう風に考えるのって、もうノエル様のこと友達だと思ってる証拠だよね」

ノエル様はわたしの言葉にぽろぽろと涙をこぼした。

「私もチェルシー様と一緒にお出かけしたいし、お茶会をしたい。おそろいのアクセを身につけたり、好きなものの話をもっとしたりしたいと思ってる！」

「じゃあ、今日からわたしたちは友達」

「……うん！」

ノエル様は泣きながら笑った。

＋＋＋

翌日、事後処理を終えたグレン様が研究室へとやってきた。

いつものように魔力の総量を増やすためのお茶会を始めると、グレン様がお礼を言ってきた。

「男たちの捕縛に協力してくれて、ありがとう」

ノエル様にひきつづき、グレン様も突然だった。

驚いて、何度も瞬《まばた》きを繰り返す。

「チェルシーが精霊樹の上で敵を引き付けてくれたおかげで、スムーズに男たちを捕縛することができた。光る芝生も明るくて戦いやすかったと騎士や魔法士の評判も良かったよ」

こんな風に褒められると、心の中が温かくなる。

「少しでもお役に立てたなら、嬉《うれ》しいです」

正直な気持ちを言葉にすれば、グレン様は眩《まぶ》しそうに微笑んだ。

「今のは、現場責任者としてのお礼ね」

グレン様はそう言うと、立ち上がり、わたしの椅子の真横に立った。

「ここからは個人としてのお礼……守ってくれてありがとう」

そう言うと跪《ひざまず》いて、わたしの手を取り、甲に軽く唇を当てた。

温かな感触に心臓が跳ね、頬がどんどん熱くなる。

「守るはずが、守られるとは思ってなくてね……正直驚いたよ」

見上げてくるグレン様の表情は、眩しいくらいにきれいだった。


ひととおりお菓子を堪能したあと、わたしとグレン様はソファーへ移動して、あのときの戦いぶりについて話をしていた。

わたしが投げた大きなハエトリグサの種は、男性たちを捕縛するのにとても役に立ったらしい。

ケガをさせることなく、それでいて戦意を喪失させるのがとてもうまいのだそうだ。

「必ずチェルシーの味方になってくれるってところが特にいいよね」

そんな話をしていたら、精霊姿のエレが現れた。

「何かあったのか？」

「どうしたの？」

精霊姿で現れるのはとても珍しい。

「チェルシー様に頼みたいことがある」

エレは、申し訳なさそうな表情をすると下を向いた。

わたしはグレン様と顔を見合わせる。

グレン様も首を傾げているので、内容を知らないらしい。

「どんなこと？」

「以前、ラデュエル帝国の帝都を出発するときに、火の精霊リーンが言っていたのだが……」

精霊姿のエレはそう言うと詳しく話し出した。

わたしを狙うよう指示したとされる代行者は、エレの昔の知り合いで、その人に会って話をしたいらしい。

代行者は魔の森の中心部に住んでいるのだけれど、そこにはリーンを含む四大精霊が強力な結界を張っていて、それを解除しなければ、会うことはできないそうだ。

力のある大精霊を呼び出すには、リーンのように挿し木した原初の精霊樹から呼び出すしかない。

原初の精霊樹を挿し木で増やせるのは、精霊を統べる王エレの契約者だけなので……。

「つまり、代行者に会うために、わたしに精霊樹を挿し木してほしいってこと？」

そう答えると、エレは力強く頷いた。

「いいよ」

わたしは迷うことなく返事をする。

挿し木するだけなら、そこまで苦労はしない。

むしろ、挿し木用の枝の用意や、運ぶのに保護するエレのほうが大変なはず。

城塞の近くに挿し木すれば、保護する時間も減ってエレも楽できるかも。

そんなことを考えていたら、エレがぽつりと言った。

「挿し木する場所はラデュエル帝国くらい遠く離れた場所でなくてはならん」

「え？」

そんなに遠くへ行かなくてはいけないの!?

驚きの声を上げると、グレン様が口元に手を当てた。

「代行者に会いたいという話から、挿し木しなきゃいけないことは想定していたけど……。それって他国ということだよね？」

「四大精霊たちは古《いにしえ》の制約により、近くに挿し木しても現れることができぬのだ」

「そういった理由ならしかたないね。他国との交渉は俺が引き受けよう」

ラデュエル帝国の場合は、現皇帝のロイズ様からの依頼だったので、挿し木するだけだった。

でも、他の国の場合は、挿し木する許可や場所、管理する人を用意しなければならない。

「ただし、挿し木しに行くときは必ず俺もついていくからね」

「一緒に来ていただけるのですか？」

「もちろんだよ」

グレン様はそう言うと微笑んだ。

7. 婚約発表

あれから五カ月が経《た》った。

原初の精霊樹を挿し木させてほしいという他の国との交渉は、着々と進んでいるらしい。

ただ、挿し木用の枝がまだ用意できていないので、すぐに出発ということはないそうだ。


今日は待ちに待った婚約発表を行う日。

この日を迎えるにあたって、いろいろなことがあった。

まずはドレス選び。

これはグレン様が選ぶと約束していたので、わたしは採寸をするだけで、最後の微調整の段階になるまで色どころか形も知らなかった。

「驚かせたかったんだ」と、グレン様はいい笑顔でおっしゃっていた。

基本は白色のAラインだけれど、あちこちにグレン様の瞳の色と同じ水色の飾りが施されたドレスは、十三歳のわたしが着ても子供っぽくならず、むしろ少し大人っぽく見えるかもしれない。

次にダンスの練習。

婚約発表を行うパーティで、わたしとグレン様はダンスを行うことになっている。

サージェント辺境伯領にいたころ、お兄様たちとダンスの練習をしていたので、ひととおり踊れるようにはなっているけれど……。

だからといって、人に見せられます！　というほど自信はないので、グレン様に時間を作ってもらって何度も練習した。

ダンスの講師を別の方に頼もうと思っていたのだけれど……。

「他の者と踊るより、俺と踊って感覚を摑《つか》んだほうがいいよ」とグレン様がおっしゃるので、そのようにした。

あとで聞いたら、他の男性と踊らせたくなくて、そんなことを言ったらしい。

グレン様にも一人占めしたいって気持ちがあるんだ……。

驚くと同時に嬉《うれ》しくも思った。

それから美しく見えるようにと、体には毎日香油を塗られてマッサージをされたし、顔や髪にはパックと言われるものを塗って美肌や美髪になるよう努めた。

他には体力づくりのために庭園を散歩するようになった。

これはノエル様から勧められたもの。

「体というのはじっとしていると、だんだん動きが悪くなるんです。だから、適度に運動をすることが大事なんです」とおっしゃっていた。

たしかに散歩するようになってから、体が楽になった気がする。

ついでに庭園でよく見かける貴族の方々と会釈をする程度には仲良くなった。


「チェルシー様?」

ドレッサールームの鏡の前でぼんやりしていたら、専属メイドのジーナさんに声を掛けられた。

「いかがなさいましたか?」

約半年間の出来事を振り返っていただけなので、特に何かあったわけではない。

小さく首を横に振るとジーナさんはにっこり微笑《ほほえ》んだ。

「では、そろそろドレスに着替えましょう」

こくりと頷《うなず》くと、メイドの一人がコルセットを持ってきた。

「いつものように締めますので、こちらへ」

さっとつけて、きゅっとコルセットの紐《ひも》を締められる。

いつもピッタリで苦しいと感じたことはない。

それをノエル様に言ったら「ありえないです!」と驚いた顔をされた。

普通は体のラインを整えるために苦しいくらいにぎゅっと締めるらしい。

「もっときつくしないのですか?」

メイドの一人に尋ねると首を横に振られた。

「チェルシー様の場合、贅肉《ぜいにく》がほとんどないのできつく締める必要はございません。背筋が伸びる程度に緩めておきますので、ぜひ、おいしい食事を召し上がってくださいませ」

そういえば、初めてコルセットをつけたときにも同じようなことを言われた気がする。

一年経った今もわたしって細くて……もっと食べたほうがいいんだ……。

そんなことを考えているうちに、準備は進んでいく。

気がついたら、ドレスに着替え終わっていた。

それからうっすらと化粧をし、髪型を整えて、アクセサリーを身につければ、出来上がり。

「完璧ですね！」

マーサさんの言葉に他のメイドたちが強く頷いていた。


すべての支度が整ってしばらくすると、グレン様が迎えに来てくれた。

濃い青色のジャケットを羽織ったグレン様は、言葉にならないくらいカッコよくて、つい見惚《みと》れてしまう。

そんなわたしを見て、グレン様は嬉しそうに微笑む。

「思っていた以上に似合っているよ」

今日着ているドレスはグレン様が選んだもの。

褒められたのだとわかった途端、頬が熱くなった。

「グレン様も……とても素敵です」

何とか気持ちを言葉にすれば、今度はグレン様の頬が赤く染まった。

「チェルシーに言われると、照れるね」

お互いに頬を赤くしつつ、微笑み合う。

それから、グレン様の腕にそっと手を添えて、会場へと向かった。

社交界デビューのときと同じように王立研究所の中を通り、王城へと入る。

そこから会場となるホールではなく、居城に向かって歩き出した。

事前の打ち合わせで、王族専用の入り口から会場へ入ることは聞いていた。

でも、どんどんホールから離れていくのだけれど、どういうこと？

首を傾《かし》げていたら、グレン様がいたずらっぽい笑みを浮かべて、耳元でささやいた。

「居城の一室とホールの王族専用の控室は、転移陣でつながっているんだ」

転移陣……魔力を通すと対になっている別の場所に一瞬で移動することができる魔道具の一種で、王立研究所と各地にある支部や訓練場、畑とつながったものを利用したことがある。

「だから、居城へ向かうのですね」

納得しているうちに、渡り廊下を通り、居城へと入る。もうここは結界内なので、許可のある者……信用できる者以外いない。

そして、居城の一階にある一室へと入った。

落ち着いたクリーム色の壁紙の部屋には暖炉と大きなソファーとローテーブル、それから隅に王立研究所で見た大きな円と銀色の箱が置かれた台があるだけで、装飾らしきものは何もなかった。

「陛下と妃殿下はまだ来ていないようだし、しばらくここで二人を待とう」

「はい」

こくりと頷くと、グレン様と隣り合わせになってソファーへと腰掛ける。

メイドたちがローテーブルにつまんで食べられる簡単な食事とお菓子、それから紅茶を並べて、さっと壁際へと控えた。

「今日のパーティでは、食事ができるかはわからないから、少し食べておくといいよ」

グレン様はそう言うとローテーブルにあった一口サイズのサンドイッチをつまんで、自分の口に放り込む。

「玉子のサンドイッチか」

咀嚼《そしゃく》して飲み込んだあとにそうつぶやくと、もうひとつつまんで、わたしの口元に持ってきた。

「チェルシーもどうぞ。あーん？」

言われるがまま、口を開けパクリと食べる。

いつかの馬車の中で食べたサンドイッチのようにとてもおいしい。

飲み込み終わると、別のサンドイッチを口元に近づけられる。

また、パクリと食べると、グレン様が蕩《とろ》けるような笑みを浮かべていることに気がついた。

壁際に立っているメイドや扉のそばに控えている近衛騎士《このえ》へと視線を向ければ、なんだか恥ずかしそうにしていたり、目を逸《そ》らされたりした。

サージェント辺境伯領にいたころ、お祖父様《じいさま》やお兄様たちからこうやって食べさせてもらうことがよくあったので、あまり気にしていなかった。

お祖母様《ばあさま》も養母様も止めなかったけれど、もしかして、これって恥ずかしいことだった……？

どんどん口元にサンドイッチやビスケットやチョコレートなどを運ばれるため、グレン様に確認することができない。

どうしよう？

悩んでいたところへ、国王陛下と王妃様が部屋へと入ってきた。

口に含んでいたチョコレートを無理矢理飲み込んで、慌てて立ち上がる。

「まだ時間はある。ゆっくりしていていいぞ」

国王陛下はそう言うと向かいのソファーへ王妃様とともに腰掛けた。

そして、わたしとグレン様に向かって座るよう合図をする。

二人でソファーに座ると、王妃様が微笑んだ。

「チェルシーちゃんの今日のドレスはグレンくんが選んだものでしょう？」

「はい」

頷きながら答えると、王妃様はグレン様へと視線を向けた。

「グレンくんにしては上出来ね。チェルシーちゃんのかわいらしさと美しさが引き立って、とても素敵ですわ」

「チェルシーの良さは俺が一番わかっているので」

グレン様はきっぱりと答えるとわたしの腰に手を回して引き寄せた。

「それはどうかしら？　わたくしだってチェルシーちゃんのことはわかっているつもりでしてよ？」

王妃様はそう言うとクスリと微笑んだ。

グレン様と王妃様って仲がいいのだと思っていたのだけれど、そんなことなかったのかな？

二人を交互に見つめていたら、国王陛下のほうからくくくという笑い声が聞こえてきた。

「おまえたちがそんなだから、チェルシーが困っておるぞ？」

陛下がそう言った途端、グレン様と王妃様はハッとした表情になり、わたしに視線を向けた。

二人とも眉をハの字にして申し訳なさそうな表情になっている。

「だ、大丈夫です」

わたしは首を左右に振りながらそう答えた。

しばらく四人で軽食をつまんでいると、転移陣から一人の男性が現れた。

「そろそろ時間でございます」

現れたのは宰相様だった。

「では行くか」

陛下の言葉に合わせて、転移陣へと移動する。

発動するのは宰相様のようで、右肩に陛下が、左肩にグレン様が手を置いた。

わたしはグレン様の手が腰に回されているし、王妃様は陛下の腕にぎゅっと抱きついていた。

「しっかり摑まっていてください。では、転移いたします」

宰相様はそう言うと、靴のかかとで床をトントントンと三回叩《たた》いた。

すると円の中が青白い光でいっぱいになり、ぱっと景色が変わった。

落ち着いたクリーム色の壁紙だったものが複雑な模様が描かれた壁紙へ変わり、人々のざわめきが聞こえてくる。

「到着いたしました」

もうすぐ婚約発表を行う。

そう考えた途端、急に緊張し始めた。

失敗したらどうしよう……。

そんな気持ちでいっぱいになっていたら、グレン様が耳元でささやいた。

「緊張してる？」

こくりと頷くだけで声が出てこない。

「チェルシーに古くから伝わるおまじないを教えてあげるね」

グレン様はそうささやくと、わたしの手のひらにチューリップの絵を描いた。

ちょっとくすぐったくて笑いそうになる。

「それをぱくっと食べてごらん？」

よくわからないけれど、手のひらを口に当てて、言われるがまま食べた。

「えっと……？」

「これは気をそらすためのものなんだ。まだ緊張してる？」

そういえば、手のひらのチューリップが気になって、緊張はどこかへいっていた。

「ありがとうございます」

小声でグレン様にお礼を伝えると嬉しそうに微笑んだ。


「では、お呼びしますのでお待ちくださいませ」

宰相様はそう言うとホールへ向かって歩き出した。

その間に王族専用の控えの間にいるメイドたちが、わたしたち四人の服装や化粧に乱れがないかを確認してくれる。

しばらくすると、宰相様の声が聞こえてきた。

「国王陛下ならびに妃殿下の入場でございます」

会場内のざわめきが静かになった。

陛下と王妃様は、背筋を伸ばすとホールへ向かって歩き出した。

その背を見送っていると、グレン様に体ごと引き寄せられる。

どうしたのかと思って首を傾げると、そのままぎゅっと抱きしめられた。

グレン様のいつもより早い心臓の音を聞いているうちに、陛下の挨拶が始まった。

「みなよく集まった。今日は重大発表がある」

陛下はそこで言葉を区切る。

きっと会場中の参加者の顔を見ているのに違いない。

「我が弟グレンアーノルドが婚約者を迎えることになった！」

そう言った途端、会場中からざわめきが聞こえてくる。

「じゃ、行こうか」

抱きしめていた腕を解き、グレン様はわたしの手を引いて歩き出す。

王族専用の控えの間からホールへ入ると、会場の人の声が聞こえてきた。

「あれが殿下の婚約者……いったいどこの者だろうか？」

「前回の社交界デビューのときにいた者ではないか？」

「あの子、たしかハズラック公爵閣下と知り合いでしたわね？」

陛下と王妃様のすぐそばまで来ると、グレン様は歩みを止めた。

そして、会場中を見渡す。

ここは五段ほど高くなっている場所なので、わたしの身長でも部屋の隅々まで見渡すことができる。

「彼女はサージェント辺境伯家の令嬢、チェルシーだ」

グレン様の言葉に合わせ、背筋を伸ばしたあと、カーテシーを披露する。

すぐにグレン様はわたしの腰に手を回し、引き寄せた。

視線を向ければ、蕩けるような笑みを浮かべて、そのままわたしの額に唇をよせた。

温かくて柔らかな感触がしたあと、すっと離れていった。

それと同時にざわめきというか、きゃーという叫び声が聞こえてくる。

……あれ？　今のって、キス……された？

こんな人がいっぱいいる場所で？

え？

どんどん顔が赤くなっていくのがわかる。

恥ずかしくて下を向くと、そのまま抱きしめられた。

「見せびらかしたい気持ちでこんなことをしたけど、今は誰にも見せたくない。一人占めしたい」

小さな声でそんなことをつぶやかれた。

クククという陛下の笑い声が聞こえてくる。

「グレンアーノルドの婚約に異を唱える者もいるであろう。だが、邪魔はせぬほうがいいと忠告しておく」

陛下の言葉にざわめきが一瞬で静まった。

「今宵《こよい》は祝いの席だ。存分に楽しむがいい」

その言葉が合図となり、ホールの壁際に控えていた楽隊が音楽を奏で始める。

パーティが始まったらしい。

顔の赤みが引くと、グレン様は抱きしめていた腕を離して、わたしに手を差し出してきた。

「さて、まずは踊ろうか」

「はい」

グレン様の手を取り階段を降りる。

ホールの中央はダンスを行うために広く開けられている。

そこへ二人で立つと、楽隊がダンス用の音楽を演奏し始めた。

『ダンスは楽しく踊るもの』だとグレン様がわたしに何度も言い聞かせてくれたおかげで、緊張はしない。むしろ、とても楽しくて自然と笑みが浮かぶ。

踏み出した一歩がグレン様の足の真横に並ぶだけで、楽しく感じてしまう。

ふわりと持ち上げられ、くるりと回れば、その浮遊感がとても楽しい。

ダンスの動作ひとつひとつが楽しくて、グレン様と目を合わせて笑い合った。

一曲踊り終わると、あちこちから感嘆の声が上がった。

「わたくしも踊りたくなりましたわ」

そんなことを言いながら、見知らぬ貴族の夫婦がホールの中央へと移動していく。

「チェルシーが楽しく踊っていた証拠だね」

グレン様の言葉にわたしはさらに微笑んだ。


「次は挨拶回りに行こう」

「はい」

気合を入れるように力強く頷いたあと、グレン様とともに会場を歩く。

ホールには着飾った貴族がたくさんいて、誰もが話しかけてほしそうに、こちらにチラチラと視線を送ってくる。

礼儀作法のひとつとして、こういった社交の場では、身分の下の者から上の者へ直接、声を掛けることは無礼とされている。

つまり、王族でありスノーフレーク公爵であるグレン様に直接、声を掛けることができる者は、この場では国王陛下と王妃様以外にいない。

そんな状況の中、正装に身を包んだトリス様が目の前までやってきた。

「やあ、トリス」

グレン様は普段どおり気安く声を掛ける。トリス様はにぱっとした笑みを浮かべた。

「殿下ならびにチェルシー嬢、ご婚約おめでとうございますっす！　やっと発表っすね」

正式な発表を行うまで広めないようにとのことだったので、トリス様には婚約したことを伝えていなかったのだけれど、どうして知っているんだろう？

首を傾げていると、グレン様も同じことを考えたようで問いかけた。

「知っていたのか？」

トリス様はすぐに首を横に振る。

「ついさっきまで知らなかったっすよ。でも、そんな雰囲気だったじゃないっすか？」

「目立つような行動をした覚えはないんだが……」

グレン様のつぶやきに、トリス様はきょとんとした表情になった。

「自覚なかったっすか？　どんなときでも殿下はチェルシー嬢を目で追っかけてたっすよ」

トリス様の言葉に瞬《まばた》きを繰り返してしまう。

つまり、トリス様はわたしとグレン様の婚約が政略的なものではない……となんとなく察していたということになる。

ちらりとグレン様を見やれば、口元に手を当てて恥ずかしそうにしていた。

「チェルシー嬢は研究仲間っす。同時に妹のようにも思ってたっす。大事にしてくださいっす」

トリス様は珍しく真剣な表情で、じっとグレン様を見つめていた。

そんな風に思われていたなんて、知らなかった。

嬉しいと思ったから、ついぽろりと言葉がこぼれた。

「トリスお兄様って呼んだほうがいいでしょうか？」

トリス様は何度か瞬きを繰り返したあと、少し頬を染めつつにぱっとした笑みを浮かべた。

「それだと、マルクスさんに怒られるっす」

マルクスお兄様が嫌がっている姿が簡単に想像できて、くすっと笑ってしまった。

「俺がどうしたって？」

すると、トリス様の背後からマルクスお兄様が現れる。さらに隣にはきらきらと光るような銀髪の女性が立っていた。

もしかしたら、マルクスお兄様の婚約者さんかな？

そう思って首を傾げていたら、グレン様が二人の名前を呼んだ。

「マルクスとタルコット子爵令嬢か」

マルクスお兄様は騎士らしい礼を、タルコット子爵令嬢は見事なカーテシーを披露する。

「本日はサージェント辺境伯家代表としてこちらに来ております」

マルクスお兄様はグレン様にそう告げるとすぐにわたしに視線を向けた。

「チェルシーはステイシーと会うのは初めてだね？」

「はい」

頷くと紹介してくれた。

「彼女はタルコット子爵令嬢で俺の婚約者のステイシーだ」

「ステイシー・タルコットと申します。マルクス様の婚約者で副長補佐官も務めております」

「お初にお目にかかります。チェルシー・サージェントでございます」

挨拶をすますとステイシー様はニコッと微笑んだ。

少したれ目で碧《あお》い瞳がとても優しそうに感じられる。

「あの……ステイシーお義姉様《ねえさま》とお呼びしてもいいでしょうか？」

サージェント辺境伯領にいる間、サイクスお兄様の婚約者のことを『お義姉様』と呼んでいたので、ステイシー様にもそう呼ぶべきかと確認をしてみる。

すると目を見開いて驚いたあと、頬を染めながら嬉しそうに微笑んだ。

「ぜひそう呼んでくださいな」

「ステイシーがここまで喜ぶなんて珍しいことだぞ」

マルクスお兄様が茶化すようにそう言うと、ステイシーお義姉様はニコッとした笑顔になった。

そしてマルクスお兄様の脇腹をそっと捻《ひね》る。

「……！」

パーティ会場で大きな声を出すわけにもいかず、マルクスお兄様は声にならない声を出して耐えていた。

トリス様とマルクスお兄様、それからステイシーお義姉様と挨拶をしたことで、周囲で様子をうかがっていた貴族たちがわたしたちに近づいてきた。

グレン様はそのすべての人ににこやかな笑みを浮かべて挨拶をしていく。

わたしも笑みを絶やさぬようにしながら、『お初にお目にかかります』と何度も挨拶をした。

ほとんどの貴族がグレン様に恩があるらしく、『あのときはありがとうございました』とお礼を言っていた。

その数があまりにも多くて、途中からわからなくなってしまった……。

こっそりとグレン様に告げると、苦笑いを浮かべる。

そして耳元でささやいた。

「俺もときどきわからなくなるから、その場で【鑑定】スキルで確認しているんだ」

すごく羨ましい……！

そう思ってじっとグレン様を見つめてしまった。


会場をぐるりと回りながら挨拶をしていると、ウィスタリア侯爵家当主とノエル様を見つけた。

「ウィスタリア侯爵、久しぶりだな」

「殿下の活躍はあちこちで聞き及んでおります」

二人が話している間に、わたしはノエル様に話しかける。

「ノエル様」

名前を呼んだだけで満面の笑みに変わるノエル様はとてもかわいい。

「チェルシー様！　ご婚約おめでとうございます！　とても驚きました！」

ノエル様とはあの事件から頻繁に会うようになって、とても仲良くなった。

「正式発表まで他言無用と言われていたので……」

何でも話してくれるノエル様には、グレン様と婚約していることを話したかった。

でも、言えなくて、ずっと申し訳ないと思っていた。

「今日の主役がそんな顔したらダメですよ！　ほら、笑って笑って！」

わたしはノエル様に言われるがまま、頬を緩めた。

「今度、また我が家に遊びにきてください！　そのときに、殿下との馴《な》れ初《そ》めとか、惚気話《のろけばなし》を聞かせてくださいね！」

「え!?」

グレン様との馴れ初め？　の、惚気話？

考えただけで、恥ずかしくなって、顔が赤くなってしまう。

そうこうしているうちにグレン様と侯爵の話が終わったらしい。

「そろそろ移動しようか」

グレン様が耳元でささやくので、頷いた。

真正面に立つノエル様が両手を組んで、祈るようなポーズになった。

「やっぱり、チェルシー様はかわいい！　癒される！」

ノエル様の言葉は聞かなかったことにして、わたしとグレン様はその場を後にした。


パーティの翌日、国民へも婚約したことを発表した。

王弟殿下はとても有能で、国王陛下にとても大事にされているという話は有名で、国民なら誰もが知っていると言われている。

その王弟殿下の婚約者とは、どんな人物なのかと国民たちは想像を膨らませているらしい。

聞いた話だと、とてもキレイだけれど性格が悪く王弟殿下を手玉に取っているのだとか、もしくはとても心根のいい人で王弟殿下を慈しんでいるのだとか、はたまた王弟殿下のように有能な女性だとか……。

どれもわたしとはかけ離れているので、戸惑った。

エピローグ

I'll Never Go Back to Bygone Days!

婚約発表を無事に済ませてから数日後のこと、わたしは王城にあるグレン様の執務室を訪れていた。

部屋に入ってすぐのところにある応接用の革張りのソファーと大きなローテーブル、壁一面にぎっしりと本の詰まった本棚、それからとても重厚感あふれる執務机と立派な椅子……。

仕事のできる大人の部屋といった感じで、入ってからずっとドキドキしている。

ローテーブルに紅茶とお菓子を運んでもらったあと、わたしとグレン様はソファーに隣り合わせになって座った。

「これからはときどき、この執務室でお茶会をしたいと思っているんだけど、どうかな？」

グレン様は紅茶を一口啜《すす》るとそう聞いてきた。

「はい、構いませんが……？」

今までずっと研究室で行っていた魔力の総量を増やすためのお茶会を執務室で行う理由がわからなくて、首を傾《かし》げた。

するとグレン様は少し恥ずかしそうに口元を手で隠し、視線を彷徨《さまよ》わせる。

しばらく無言のままでいたら、ふらりと伝達の精霊が現れて、ピカピカと光った。

『はたらいているすがたを見せて、かっこ……』

「伝達の精霊は勝手に心を読まない！」

姿は見えないけれど、声の聞こえるグレン様はそう言って、伝達の精霊の言葉を遮った。

働いている姿を見せてという言葉は聞き取れた。

「わたしもグレン様がどのような場所で過ごされているのか知りたいです」

そう告げれば、グレン様は嬉《うれ》しそうに笑った。

「いつか……居城の私室も案内しよう」

グレン様のお部屋に行ける……！

ノエル様の部屋は植物がいっぱいだったし、グレン様のお部屋はどんな感じなんだろう？

考えただけでワクワクしてきた。

「楽しみにしていますね！」

わたしが笑顔で答えると、グレン様は複雑そうな表情をした。

「……ここまで男として意識されていないと、ちょっとね」

「え？」

とても小さな声だったので聞き逃してしまった。

「いや、いいんだ」

グレン様は軽く首を横に振ったあと、わたしの手を取って立ち上がった。

そのまま窓辺へと連れられ、後ろからきゅっと抱きしめられる。

窓ガラスに映るわたしは、驚いた表情をし、グレン様はニコッと微笑《ほほえ》んでいる。

その様子をぼんやり見つめていたら、グレン様が顔の横、耳の上あたりに顔を寄せ、そのまま唇を当てた。

ちゅっという音が耳元で聞こえ、そして唇は離れていく。

「ふえ!?」

あまりにも突然のことで変な声が出てしまった。

同時に顔がどんどん赤くなっていく。

両手で顔を押さえたいのに、後ろから抱きしめられているためできない。

窓ガラス越しに映るグレン様を見れば、いたずらが成功したときの少年のようにとても嬉しそうな笑みを浮かべていた。

「ここは執務室だから、この程度だけれど、私室だったら、どうなるかわからないよ?」

「あ!」

グレン様の言葉を聞き、養母様の話を思い出した。

『男性の私室を訪れるということは、その方に身を委ねると言っているようなもの。殿下であればチェルシーちゃんのことを大切にしてくださると思うけれど、もし訪れるような機会があれば、きちんと覚悟を決めてからになさいね』
身を委ねるというものが具体的にどういったことかはわからなかったけれど、養母様の表情的にそう簡単にお部屋を訪れるべきではない……というのは理解していたはずだったのに……！
もう一度窓ガラス越しにグレン様を見れば、目が合った。
ずっとわたしの様子も見られていたのだと気づき、恥ずかしさのあまり、視線をそらした。

しばらくそのまま抱きしめられていると、グレン様がぽつりとつぶやいた。

「やっと、チェルシーに海を見せられるね」

突然どうしたのだろうと思って、そのまま小さく首を傾げる。

「海、ですか？」

「前に海を見に行こうって約束したのに、果たせていないからね」

そういえば、ラデュエル帝国へ向かう前に、寄り道して海を見よう……なんて話をしていた。

寄り道をする暇もなかったので、すっかり忘れていた。

「俺が治めているスノーフレーク公爵領は、海に面しているんだよ」

グレン様はそう前置きして話し出す。

スノーフレーク公爵領はクロノワイズ王国の南に位置していて、サージェント辺境伯領並みに遠いらしい。

「婚約発表前に、女性と二人で長旅をしたら、ウワサが立ってしまうだろう？」

こくりと頷《うなず》く。

「大人しくしているように言われたから、正式発表まで我慢していたんだ」

「それって……」

「一緒に領地の海を見に行こう？」

「ぜひ連れて行ってください」

即答すれば、窓ガラス越しのグレン様はふふっと嬉しそうに笑った。

「領民に未来の公爵夫人として紹介したいんだ。すぐにでも予定を組むから、楽しみにしていてね」

「み、未来の公爵夫人……!?」

婚約後のことまで考えているのかと思うと嬉しくて、頬が自然と緩んでいった。


『ここにいたのか』

ソファーへ移動してグレン様と話をしていたら、猫姿のエレがパッと現れた。

そして、ローテーブルを挟んで向かいのソファーへと降り立つ。

「何かあったのか？」

突然現れたのもあって、グレン様が身構える。

わたしも何事かと思って、じっとエレを見つめた。

『挿し木用の枝が育ってきたことを伝えにきただけだ』

猫姿のエレはグレン様とわたしの顔を交互に見たあとそう告げた。

悪い知らせではなかったので、そっと胸を撫《な》でおろした。

『二カ月後には用意ができる』

「そうか、先方に伝えないとだね」

半年前の事件で、エレは代行者に会って話をしたいと言った。

わたしを狙っているとされる代行者は、魔の森に住んでいて、そこには大精霊が四重に結界を張っているのだそうだ。

その結界を解かなければ、エレは代行者と会えない。

結界を解くには、精霊樹を挿し木して、精霊界から大精霊を呼び出す必要がある。

精霊樹を挿し木できるのはわたしだけで、古《いにしえ》の制約により大精霊同士は国をまたぐくらい遠くに挿し木しないと呼び出せないらしい。

「どこの国へ向かうのでしょうか？」

先方と言う言葉を聞き、グレン様に尋ねる。

「ラデュエル帝国のさらに西にあるマーテック共和国に向かう予定だよ。『大歓迎』という返事があってね。ロイズのところに顔を出したあとに行けるからちょうどいいと思ってるんだ」

ラデュエル帝国は、わたしたちが住むクロノワイズ王国の西にあって、主に人にも獣にもなれる獣族が住んでいる国で、現在は竜人のロイズ様が皇帝となっている。

さらに西にあるマーテック共和国は、たしか技術と商人の国と言われていて、エルフやドワーフ、グラスランナーという妖精に近い種族が住んでいるはず。

習ったことを思い浮かべていると、グレン様が微笑んだ。

「ミカも連れて行って、里帰りも兼ねたらいいと思うんだけど、どうかな？」

「いいですね」

専属料理人兼メイドのミカさんは、もともとラデュエル帝国の人で、ロイズ様の養女で弟子でもある。顔を見せたら、お互いに喜ぶんじゃないかな。

『ラデュエル帝国についてから、挿し木用の枝を木箱に詰めるのでな、出発は少し早めでも良いぞ』

エレの言葉に首を傾げる。

『挿し木用の枝には、乾燥せぬよう、傷まぬよう術を掛けつづけなければならんのは知っているであろう？』

術を掛けている間、猫姿のエレは木箱から離れられず、ほとんど眠った状態だったのを思い出して、こくりと頷く。

『国二つ分も術を掛けつづけることは、我とてしんどい。ラデュエル帝国に植えた精霊樹と原初の精霊樹を行き来して、挿し木用の枝を運ぶ距離を短くするつもりだ』

「つまり、ラデュエル帝国からマーテック共和国の間だけ、挿し木用の枝を運ぶってこと？」

わたしの言葉に、猫姿のエレがこくりと頷いた。

猫姿で頷いているとすごくかわいくて、撫でたくなる。

今はローテーブルを挟んで、向こう側に座っているので、撫でられなくて残念……。

「ひとまず調整してみるよ」

グレン様はそう言うと、わたしのこめかみにキスをしたあと立ち上がった。

「……!?」

声にならない声を出しながら、グレン様に視線を向ければ、ふふっと嬉しそうに笑い、そのまま執務用の椅子へと腰掛ける。

『こういうものは二人きりのときにすれば良かろうに……』

猫姿のエレは呆《あき》れたようにそうつぶやくと、パッと消えた。

真正面のソファーに猫姿のエレが座っていたのに、こめかみとはいえキ……キスするなんて！

グレン様に抗議をしたかったけれど、恥ずかしくてどんどん赤くなる顔を両手で押さえることしかできなかった。

番外編

I'll Never Go Back to Bygone Days! Extra Edition

1. とスノーフレーク公爵領

Extra Edition

婚約発表から十日後のこと、わたしとグレン様はスノーフレーク公爵領へ向かう馬車の中にいた。

グレン様が治めているスノーフレーク公爵領は、クロノワイズ王国の南にあり、海に面していて、領都までは王都から馬車で五日の距離に位置するそうだ。

「領都でお披露目の祝祭をやったあと、海辺の町アインスへ向かおう」

揺れる馬車の中、グレン様の言葉に頷《うなず》く。

「祝祭……ですか?」

「領民に婚約者を紹介するためのお祭りだよ。領都の広場にあるステージで挨拶をしたあと、その周囲の屋台や催し物を見て回ろう」

小さなころ、一度だけ男爵家の敷地からこっそり盗み見たお祭りは、華やかで色とりどりの仮装をした人たちが楽器を鳴らしながら歩き回るというものだった。

それを追いかける子どもたちがとても楽しそうで、羨ましいと思ったのを覚えている。

サージェント辺境伯の養女になってからは、グレン様の隣にいるために勉強ばかりしていて、お祭りがあっても行く余裕がなかった。

国民に婚約を発表した日は、王都はお祭り状態だったらしいけれど、警備のことを考えて、遊びに行きたいとは言えなかった。

「お祭りは初めてなので楽しみです！」

普段よりも勢いよく頷いたからか、グレン様は眩《まぶ》しそうに微笑《ほほえ》んだ。

＋＋＋

王都を出発して五日後の昼過ぎ、スノーフレーク公爵領の領都についた。

領都は丘の上にあり、その丘で一番高い場所にお城のような形をした領館が建っていた。

領館はスノーフレーク公爵家の屋敷を兼ねているそうだ。

領都の道を進んでいくと、民家の塀や商店の看板の隣、街灯などさまざまな場所にカラフルな布が飾られていることに気がついた。

「これはスノーフレーク公爵領独特のもので、良い出来事があったときに飾るんだ。他の地方では色や形も様々だし、そもそも飾らなかったりもするんだ」

馬車の窓からカラフルな布を見つめていたら、グレン様がそう教えてくれた。

よく見れば、手のひら大の布をつなぎ合わせて一枚のカラフルな布を作っているらしい。

だから、ひとつとして同じ組み合わせがないように見えるんだ……！

そんな驚きとワクワクした気持ちを抱いたまま、領館へと着いた。

グレン様の手を借りて、馬車を降りれば、様々な服装の人がずらりと並んでいた。

その中央には、白髪の交じった濃い茶色い髪を後ろに撫《な》でつけ執事服を着たおじいさんがにっこり微笑みながら立っている。

グレン様とともに城門のような玄関に向かって歩き出せば、さっと人垣が割れた。

「おかえりなさいませ、グレン殿下。そして、ようこそいらしてくださいました、婚約者殿」

おじいさんが代表してそう言うと、ずらりと並んでいた人たちが一斉に頭を下げた。

「ただいま、みんな」

グレン様の一言で、全員の頭が上がる。

誰もかれもが嬉《うれ》しそうな表情をしていて、ここにいる人たちはみんな、グレン様のことを大切に想《おも》っているのだと感じた。

本当であれば身分が下の者に対してするものではないのだけれど、わたしの誠意を伝えたくて、その場でカーテシーをした。

なるべく優雅に見えるようにゆっくりと丁寧に……。

おじいさんが眩しそうに目を細めながら微笑んだ。

「彼はスノーフレーク公爵領の領主代理を務めているセバスチャンだ。一応、子爵位を持っているんだけど、フルネームで呼ぶと怒るんだ」

「ご紹介に与《あずか》りましたセバスチャンでございます。領主代理となる前はグレン殿下の執事を務めておりました。セバスとお呼びください」

「彼女はサージェント辺境伯の令嬢チェルシーだ。俺の婚約者で王立研究所の特別研究員でもある」

「チェルシー・サージェントでございます。どうぞ、チェルシーとお呼びくださいませ」

微笑みながら名乗ると、おじいさん……セバス様は満面の笑みを浮かべた。

「お二人がご結婚なさるまでは、チェルシーお嬢様と呼ばせていただきましょう」

セバス様の言葉に、他の人たちがうんうんと頷いた。

＋＋＋

グレン様はセバス様と公爵領についての話し合いがあるとかで、わたしだけ先にお部屋に案内してもらうことになった。

場所は三階にある日当たりのいいとても広い部屋。

落ち着いたワインレッド色のカーテンとカーペット、同じ色のソファーが置かれている。

あれ？
キョロキョロと見回したけれど、不思議なことにベッドがない。
「主寝室は、扉の奥にございます」
わたしの心の声が聞こえたかのようにメイドが教えてくれた。
眠る部屋と生活する部屋が別になっているなんて、とても豪華なお部屋！
「素敵な部屋に案内してくださり、ありがとう存じます」
お礼を告げると、案内してくれたメイドが瞬《まばた》きを繰り返して驚いた表情になった。
何かおかしなことを言ったかな？
首を傾《かし》げれば、すぐに微笑みに変わる。
「何かございましたら、何なりとお申し付けくださいませ」
メイドはそう言うと、壁際に立つ。
わたしは部屋の窓辺に近づいて、外を眺めた。
丘の一番高い場所に立つ領館の窓からは、領都が一望できる。
ここからでも、あちこちの建物や街灯に飾られている布が見えて、楽しい気分になる。
遠くからだんだん近くへ視線を移していくと、領館の庭が目に入った。
庭には花だけでなく、どうやら野菜も植えられているらしい。
花以外のものが植えられているなんて、とても珍しいのでは……？

グレン様とセバス様のお話は長くなるとのことだったので、少し散策してみようかな。

興味が湧いたので壁際に立つメイドに声を掛ける。

「あの……お庭を散策してもいいでしょうか？」

「ぜひどうぞ」

メイドはにこりと微笑み頷いた。


パンジーやペチュニア、キンギョソウで彩られた小道を進み、目的の庭……ではなかった畑へと向かう。

バラのアーチをくぐった先に、畑はあった。

「トマト、バジル、レタス、これはトウガラシかな？」

植物図鑑で覚えた野菜の名前を言いながらゆっくりと畑の周りを歩く。

「お嬢様は野菜の名前がわかるのですね」

付き添ってくれているメイドが驚きながらつぶやいた。

「はい。植物に関係する研究をしているので」

本当はわたしのスキル【種子生成】について調査と研究を行っているのだけれど、詳しく説明すると長くなるので、大雑把に伝えてみた。メイドは納得の表情に変わった。

ここに植えてある野菜たちは、とても元気いっぱいに見える。

『少しでも世話を忘れると植物は機嫌を損ねるっす』

トリス様がそんな風におっしゃっていたので、ここの野菜たちはしっかり世話をしてもらっているに違いない。

生き生きとした野菜畑を覗《のぞ》いたあと、小道に戻り庭の散策を続ける。


しばらく歩くと厩《うまや》にたどり着いた。

入ってすぐの位置に、馬車を引いていた栗毛《くりげ》の馬がいたので近寄る。

「お嬢様、あまり近づかれますと……！」

メイドが怯《おび》えた表情でそう告げる。

普通の馬であれば、見知らぬ人が近づくと警戒して暴れたりするのだけれど……。

「この子は大丈夫です」

そっと手を差し出すと、馬のほうから手のひらに顔を寄せてきた。

実は王都から領都までの道中に、伝達の精霊を通して何度かこの馬と会話をしていた。

疲れているときに、アオポの種をあげたこともあったので、それなりに仲がいい。

「馬と仲いい令嬢に悪いやつはいねえ」

厩の奥から歩いてきた厩番のおじさんがぶっきらぼうな言葉を使いつつ、ニカッと笑った。

付き添ってくれているメイドはまたも驚いた表情になった。

どうしてそこまで驚くのかな？

不思議に思ったけれど、尋ねるほどのことでもないかとそのままにした。

散策を終えて部屋に戻ると、夕食の時間だと言われた。

身だしなみを確認したあと、メイドに案内されながら食堂へと移動する。

中に入ればグレン様がすでに席についていた。

手招きをされて、グレン様の隣の椅子へ座るよう促される。

マナー的には向かい合わせで座るべきなのだけれど……。

「チェルシー様がお困りでございます」

セバス様がそうおっしゃってくれたのだけれど、グレン様が首を横に振った。

「公式の場でもないし、見られて困るような者もいないのだから、隣同士でいいだろう。さあ、チェルシーは俺の隣に座ってね」

グレン様があまりにも嬉しそうに微笑むから、わたしは素直に頷いた。

「はい」

そして、隣の椅子に腰掛ける。

なんだか、セバス様やずっと付き添ってくれているメイド、料理を運んでいる者たちから視線を感じる。

呆《あき》れているような驚いているような……生温かいという表情に戸惑った。

夕食はスノーフレーク公爵領の特産品である牛肉を使ったハンバーグがメインとして出てきた。

アツアツの鉄板の上には、おいしそうな香りのするハンバーグがあり、ナイフを入れるとするりと切れた。そして、じゅわっと肉汁がこぼれる。

口に運べば、ハンバーグはやわらかくてジューシーでとてもおいしかった。

＋＋＋

お風呂に入りさっぱりしたところで、主寝室へ向かうことにした。

扉を開けるとまず目に入ったのは大きなベッド。

大人が五人寝てもまだ隙間ができるのではないかというほど大きい。

部屋の中央には三人掛けのソファーとローテーブルがあったので、ひとまずそこへと向かう。

布張りのふかふかのソファーは座るとぽふんと跳ねた。

少し楽しいかもしれない……！

何度か跳ねていると、ノックの音がした。

主寝室は廊下とも繋《つな》がっているらしい。

「お夜食をお持ちいたしました」

セバス様の声だったので、部屋の中へと招き入れる。

カートを押したメイドがローテーブルの上に果実水と小皿に入った一口サイズのチョコレートを並べていく。

「どうぞ良い夜を」

セバス様はそう言うと、メイドとともに部屋を出て行った。

果実水を一口飲んだあと、とても甘い香りのするチョコレートに手を伸ばす。

ひとくち噛《か》めば、チョコレートの中から甘い液体が出てきて、口の中に広がっていく。

甘いけれどどこか苦いような不思議な味は初めてのもので、とてもおいしい。

それと同時にどこかふわふわとした気持ちになる。

「おいしい……」

さらにもうひと粒つまんで口に入れる。

甘い液体がとてもおいしくて、気がついたら半分くらい食べていた。

「もっと食べたい……。でも、グレン様にも、食べてほしい……」

そうつぶやいたところで、ガチャッと扉が開く音がした。

廊下と繋がる扉を見ても部屋と繋がる扉を見ても誰もいない。

首を傾げると別方向から誰かが近づいてくる気配がした。

「チェルシー？」

「あれ？　グレン様？」

こてんと首を傾げると、グレン様は何度も瞬きを繰り返された。

「どうしました？」

あれ？　なんだかふわふわしてしゃべりにくい。

勝手に笑顔になって、えへへと笑うとグレン様の視線がローテーブルへと向いた。

「まさか……!?」

さっと手を伸ばして、チョコレートを口に入れる姿もかっこいい……。

そんな風に思っていると、グレン様はチョコレートを飲み込み、頭を抱えた。

「洋酒入りチョコレートじゃないか」

グレン様が何か言っているけれど、だんだん耳に入らなくなっている。

ふわふわした気持ちで、もうひと粒チョコレートをつまむ。

口に入れようとしたところで、グレン様に手首を摑《つか》まれた。

「これ以上はダメだよ」

「どうして？」

もう一度、こてんと首を傾げたら、グレン様が視線をそらした。

とてもおいしいチョコレートだから、もっと食べたいのだけれど……。

小皿に目を移すと一人で半分くらい食べたことを思い出した。

「これ、グレン様と半分ずつだったんですね」

残り半分はグレン様のものだから、ダメって言ったのね。

「いや、その……」

一人で納得しているとグレン様が言葉を濁した。

よくわからないけれど、残り半分はグレン様のものだから、食べてもらわなきゃ……。

「グレン様、あーん」

ふわふわとした気持ちのままそうつぶやくと、摑んでいた手が離れ、グレン様の視線がこちらを向いた。

グレン様はわたしの顔を見て何度も瞬きを繰り返している。

「グレン様、あーんです。あーん」

もう一度そうつぶやき、持っていたチョコレートをグレン様の口元まで運ぶ。

グレン様はごくりと喉を鳴らしたあと、ゆっくり口を開けた。

「はい」

その口にチョコレートを差し込む。

もぐもぐと食べている姿がかわいい……。

もっと食べてもらいたい……！

「グレン様、隣に座ってください」

ソファーの上をぺしぺしと叩《たた》けば、グレン様はほんのり頬を赤くしたまま隣に座った。

座ったのを確認すると、わたしはまたチョコレートをつまみ、グレン様の口元に運ぶ。

グレン様は恥ずかしそうにしつつも口を開け、チョコレートを食べてくれる。

いつの間にかチョコレートはすべてなくなっていた。

＋＋＋

カーテンの隙間から射《さ》し込む光で目が覚めた。

見慣れない天井を見て、ここがスノーフレーク公爵領で主寝室のベッドの上なのを思い出した。

あれ？　そういえば、いつ眠ったんだろう？

昨日、ソファーでチョコレートを食べ始めたあとから記憶がない。

ううん、グレン様がいたような気がする。

いつベッドに移って眠ったのかな……？

首を傾げつつ起き上がったら、広いベッドの端……ベッドから落ちるかどうかのぎりぎりの位置に濃紺色の髪が見えた。

おそるおそる近づいてみれば、すぅすぅと寝息を立てながら、グレン様が眠っている。

髪と同じ濃紺色の長いまつげに整った鼻筋、薄い唇。

本当に天使様のようにきれいな顔で、自然と見入ってしまう。

ぼーっとしたままグレン様を見つめていたのだけれど、途中で気がついた。

……どうしてグレン様がここにいるの？

「え!?」

ハッとしたからか、つい声が出た。するとグレン様がぱちりと目を開ける。

思いっきり目が合い、固まってしまう。

グレン様は何度か瞬きを繰り返したあと、ベッドから起き上がり、クスッと笑った。

「おはよう、チェルシー」

状況が呑《の》み込めずに口をパクパクと動かすと、グレン様はその場で伸びをした。

幕間　グレン

Extra Edition : Interlude

小皿にあった洋酒入りのチョコレートをすべて食べさせられたあと、チェルシーはとろんとした瞳で嬉《うれ》しそうに笑いながら、ずっと俺の顔を見つめていた。

あまりにも長い時間見つめられると照れてくるのもしかたないだろう。

「チェルシー？」

「はい」

「そんなに見つめられるとさすがに照れるよ」

素直に言葉にすれば、チェルシーは瞬《まばた》きを繰り返した。

「グレン様のお顔が天使様みたいにきれいなので見つめてしまいました」

チェルシーはそう言うとふにゃりと笑った。

無防備な笑顔があまりにもかわいくて、カッと顔が熱くなる。

慌てて片手で顔を隠したが、隠しきれていないだろう。

できることなら今すぐ抱きしめたい。

俺がそんなことを考えているとは露知らず、普段よりものんびりとした口調でチェルシーに問いかけられた。

「そういえば、どうしてグレン様はこの部屋にいるんですか？」

「ここは俺の部屋だが……むしろ、どうしてチェルシーが……？」

そう口にして気がついた。

この部屋は、スノーフレーク公爵家当主と夫人のための主寝室。つまり二人の部屋だ。

主寝室は当主の個室と夫人の個室が繋《つな》がるように造られている。

当主は俺なので、そこは置いておくとして……。

どうやらチェルシーは結婚前なのに、夫人の部屋に案内されたらしい。

将来的には俺と結婚して、公爵夫人になるので、夫人の部屋を使うのはおかしくないのだが……。

一緒のベッドで夜を過ごすというのは……さすがに早いだろう。

俺が思考の海に沈んでいる間に、チェルシーが立ち上がった。

「ここがグレン様の部屋なのは、わかりました。なので、わたしは別の部屋に行きます」

チェルシーは歩き出そうとしたが、ふらりともう一度ソファーに倒れ込んだ。

「あれ？」

どうやら、チェルシーは俺が思っている以上に酔っぱらっているらしい。

「そんな状態ではどこへも行けないだろう？　だから、俺が部屋を移動するよ」

「ダメです」

俺の言葉にチェルシーが首をぶんぶんと横に振りながら、強い言葉をぶつけてくる。

珍しさもあって動きを止めてしまった。

「ここは、グレン様のお部屋です。わたしが、動きます」

チェルシーはそう言うけれど、酔いが回りすぎて立ち上がることもできなくなっている。

ベッドとチェルシーを交互に見たのち、つぶやいた。

「……わかった。一緒のベッドで寝よう」

「一緒……？」

チェルシーはこてんと首を傾《かし》げる。

その仕草があまりにもかわいくて、頬に手を伸ばした。

「グレン様の手、あたたかいです」

手のひらに頬を摺《す》り寄せてふにゃりと笑っているチェルシーは、あまりにも無防備でそれ以上のことをしてしまいそうになる。

結婚前の女性に手を出すのは悪いこと。前世のように気安くない。

心の中でそうつぶやき、グッと堪《こら》える。

「あのベッドなら、お互い端で眠れば問題はない」

「そうですね！　とても大きいベッドですから」

チェルシーは嬉しそうに笑う。

立ち上がれないチェルシーをそのまま抱き上げて、ベッドに連れて行く。

落ちないようにと自然にチェルシーが俺の首の後ろに手を回した。

それはまるで抱きしめられているような距離で、勝手に心拍数が上がっていく。

ドキドキしつつ、あまり端だと落ちる心配があるので、ほんの少し中央よりに下ろした。

下ろすと同時にチェルシーの手が離れ、とろんとした瞳はじっと俺を見つめ続けている。

やましいことはしていない。なのに、罪悪感を抱きそうになる。

「ほら、目を閉じて」

手のひらを目の上に軽く当てて、しばらくしてから離せば、チェルシーの瞳は閉じられ規則正しい寝息が聞こえてきた。

しばらくチェルシーの寝顔を眺めたあと、反対側からベッドに潜り込んだ。


今思えば、俺も洋酒入りのチョコレートを食べた影響で多少なりとも酔っていたのだろう。

でなければ、一緒のベッドで寝ようなどとは言わなかったはずだ。


翌朝、チェルシーの驚きの声で目覚める。

チェルシーの衣服に乱れもなければ、俺の寝ている位置も変わっていない。

婚約者だが、未婚で未成年の女性に手を出していないとわかってホッとした。

「おはよう、チェルシー」

昨日のとろんとした瞳のチェルシーもかわいかったけど、固まっているチェルシーもかわいい。

この様子だと、昨日のことは何も覚えていないかもしれない。

さて、どうやって説明しようか?

そう考えたらクスッと笑みがこぼれた。

2. と領都の祝祭

Extra Edition

目が覚めたらグレン様と同じベッドで眠っていた。

わたしはとても驚いたのだけれど、グレン様はクスッと笑っただけだった。

「この部屋は公爵家当主と夫人の主寝室……つまり、俺と未来の公爵夫人であるチェルシーの部屋なんだ。だから、一緒のベッドで眠っても問題はないよ」

グレン様はそう言うとベッドから下りる。

何事もなかったような雰囲気だけれど、わたしはひとつ気になっていることがある。

「あの……昨日、チョコレートを食べ始めたあとから記憶がないんです」

勇気を振り絞って、そう告げる。

「何か失礼なことをしていないか気になって……」

グレン様は首を横に振った。

「チェルシーが昨日食べたチョコレートは洋酒が入ったものでね、酔ったみたいですぐに眠ってしまったよ。だから、失礼なことはしていないよ」

「そうだったんですね」

グレン様の言葉にホッとした。

+++

昼食を軽く済ませたあと、メイドに手伝ってもらって、見た目は豪華だけれど、コルセットをつけずに済む動きやすいドレスに着替えた。

婚約者としての挨拶を行ったあと、屋台や催し物を見て回るために、そういったドレスになった。

これならば、長い時間歩き回っても疲れないはず！

このドレスを選んでくれたメイドにしっかりとお礼を告げたあと、グレン様とともに馬車に乗りこんだ。

会場は領都の中心部にある広場で、領館から馬車を進めていくとたくさん人がいるのが見えた。

わたしたちは途中で馬車を降りる。

祝祭の間だけ、馬車の通行を制限することで、気兼ねなく楽しめるようにしているそうだ。

そこから、会場のさらに中心にあるステージへと向かう。

ドキドキしながら、グレン様とともに歩き、ステージに立った。

会場中の視線がこちらに向いているのがわかる。

グレン様は公爵として挨拶をしたあと、隣に立つわたしに視線を向けた。

「彼女が俺の婚約者となったサージェント辺境伯の令嬢チェルシーだ」

「チェルシー・サージェントでございます。どうか領民のみなさま、これからよろしくお願いいたします」

あまりにも緊張しすぎて、そんな言葉しか出てこなかった。

それでも領民たちは拍手やお祝いの声を掛けてくれる。

サージェント辺境伯領の領民たちも気のいい人たちばかりだったけれど、スノーフレーク公爵領の領民たちも同じようにいい人たちなのだろう。

そう思ったら、自然と笑みを浮かべていた。


挨拶も終わり、グレン様とわたしはステージを降りて、屋台や催し物を見て回ることにした。

楽しみにしていたお祭りなので駆けだしそうになったけれど、領民の視線もあるので堪《こら》える。

そんなわたしの様子に気づいたグレン様はわたしの手をぎゅっと握った。

「しっかり捕まえておかないと、どこかへ飛んでいってしまいそうだね」

グレン様はクスッと笑いながら耳元で小さくつぶやく。

ドキドキして言葉にならなかったので、ぎゅっと手を握り返しておいた。

グレン様はそれ以上何も言わずに歩き出す。

まず目に入ったのは、トスジャグリングと呼ばれる複数の物を空中に投げたり取ったりを繰り返す変わった芸だった。

羽がいっぱいついた帽子をかぶったお兄さんが手のひら大のボールをひとつずつぽんぽん投げては反対側の手で受け取り、また投げていく。

気づけば五つのボールが宙を舞っていて、周囲から歓声が上がった。

タイミングよくぽんぽん投げたり取ったりする様子は、見ていてとても楽しい。

まったく落とす様子がないので、不思議に思った。

「魔術やスキルを使っているのでしょうか？」

小声でグレン様に尋ねると、首を横に振った。

「魔術やスキルで誤魔化している者もいるけど、彼は使っていない。努力で身につけた技術だよ」

賢者級の【鑑定】スキルを持つグレン様がはっきりと言ったのが、どうやら聞こえたらしい。

お兄さんは無言だけれど嬉《うれ》しそうな表情になり、次から次へと楽しそうにボールを投げていった。


「小腹が減ったことだし、屋台を見て回ろうか」

グレン様の提案にこくりと頷《うなず》く。

手を繋《つな》ぎながら屋台のある場所へ向かえば、おいしそうな香りが漂ってくる。

「甘い香りがします……あれは何でしょうか？」

薄い生地の上にフルーツやクリームを載せて、くるくると包んでいく。

「あれはクレープだよ」

グレン様はそう言うと、フルーツたっぷりのクレープを買ってくれた。

「これはちぎらずに、そのままかぶりつくんだ」

テーブルマナーの講義で絶対にやってはいけないとされていることをするの!?

驚きつつも、グレン様に言われたとおりにかぶりつく。

端からクリームが飛び出して、頬についてしまった。

それをグレン様が指ですくって舐《な》めとる。

「甘くておいしいね」

周囲がざわついたけれど、わたしの耳には入らなかった。

幼い子どもみたいに頬にクリームをつけてしまったことも、グレン様に拭き取らせてしまったことも、どちらも恥ずかしい！

あまりにも恥ずかしくて、クレープはそれ以上食べられなかった。

他にも焼きドーナツやフルーツを刺した串、サンドイッチやホットドッグなども売っていて、いろいろと食べて回った。

お腹《なか》いっぱいになり、一息ついたところで、露店が並んでいる場所へと向かった。

テーブルいっぱいに髪飾りだけが置いてあるお店。

生き物を模したぬいぐるみとそのぬいぐるみに着せる服を扱っているお店。

古びた本が置いてあるお店。

どこを見ても変わったお店がいっぱいで楽しい。

その中のひとつで、魔石のついた装飾品を売っているお店の前で足を止めた。

手鏡なんてあるんだ……。

しばらくじっと見つめていたら、テーブルの下から大きな犬が顔を出してきた。

真横に座ると、尻尾を振りながら、わたしのドレスに鼻先をとんとんとぶつけてくる。

「おやまあ、この子が人に懐くなんて珍しいね」

しゃがんで手のひらを向けると、撫《な》でろと言わんばかりに顎を載せてきた。

「撫でてもいいですか?」

「気が済むまで撫でておくれ」

店主に確認して犬の顎から首元を撫でると、ぱっと伝達の精霊が現れた。

『チェルシーさまからやさしいにおいがする……って言ってるよ』

優しい匂いってどんな匂い?

首を傾《かし》げたけれど、伝達の精霊は何も言わずにどこかへ行ってしまった。

わたしが犬を撫でている間に、グレン様は何か買ったようで店主からお礼を言われていた。

「ひととおり見て回ったし、そろそろ帰ろうか」

「はい」

グレン様に連れられて、大通りに止めてあった馬車に乗り込む。

馬車の小窓から領都の街並みや人々を眺めていたら、グレン様が紙袋を差し出してきた。

「プレゼントだよ。開けてみて？」

言われるがまま開けると、それは露店で見かけた魔石のついた手鏡だった。

「その手鏡、少し変わってるんだ」

グレン様はそう言うと、いたずらする前の子どものようにニヤッと笑った。

「鏡の裏側にある魔石に押してみて？」

おそるおそる魔石を押すと、鏡の周囲がぴかーっと光った。

「ええええ!?」

「暗い場所でもお化粧を直したいという貴婦人のために作られたものなんだって」

「鏡としても灯《あか》りとしても使えるなんて、便利ですね」

まじまじと手鏡を見つめていると、グレン様が微笑《ほほえ》んだ。

「気に入ってくれたかな？」

「はい、とっても！」

いつでも取り出せるように、精霊界にあるわたし専用の保管庫で預かってもらうことにした。

その日の夜もグレン様と一緒のベッドだったけれど、日中にたくさん歩き回ったのもあって、すぐに眠ってしまった。

翌朝、グレン様はとても眠そうにしていた。

「もしかして、わたしの寝相が悪いとか寝言がうるさくて眠れなかったのでしょうか？」

心配になって尋ねると、グレン様は首を横に振った。

「寝ているときのチェルシーは、普段と同じくらい大人しいから大丈夫だよ」

……それって寝顔を見られているってこと？

恥ずかしくてそれは尋ねられなかった。

3. と 海辺の町アインス

Extra Edition

お祭りの翌日に出発して三日後、わたしたちは海辺の町アインスに向かっていた。

アインスは、スノーフレーク公爵領の中で一、二を争うほど栄えている町で、海で取れる海産物と陸で作るシャインマスカットがとてもおいしいらしい。

「この坂を越えたら、海が見えるよ」

グレン様の言葉を聞き、馬車の小窓からじっと外を眺める。

坂を越えるとキラキラと光り波打つ水面が遠くに見えた。

話には聞いていたけれど、こんなに広くてキラキラしたものだとは思っていなかった。

「すごく……きれいです」

あまりにも広く、そしてきれいなためそれ以外言葉が出てこなかった。

そういえば、養父様がブルーリリィを見て、海のようだとおっしゃっていたらしい。

スカイリリィの花畑を見たときは空のようだと感じた。

二つを植えたら、坂の上から見る景色のようになるのかな？

じっと海を見つめていたのだけれど、その手前に気になるものが見えた。

海岸からブドウ畑に向かって横歩きに進んでいく、とても大きくて真っ青な生き物。

丸い体に大きなハサミが二つ、左右四本ずつの足を持つ青い生き物は、途中に設置してある網や木製の壁などを難なく乗り越えて猛スピードで進んでいく。

乗り越えた先には武器を携えた大勢の人たちが待ち構えていた。

「あの、グレン様……青い生き物が誰かと戦ってます」

そう告げると、グレン様はわたしの後ろから、覆いかぶさるような形で小窓の外を覗《のぞ》いた。

ふわっと、グレン様から甘い香りがして、ドキッと心臓が跳ねる。

「確認したけど、あれはマスカットクラブという魔物らしい。好物は名前のとおりマスカットで、どうやら陸にあるブドウ畑のシャインマスカットを狙って現れているみたいだ」

グレン様はそう言うと御者に、急いで向かうよう指示を出した。

馬車の窓から、様子をうかがっていたのだけれど、武器を携えていた人たちは、手慣れた様子で大人と変わらない大きさのマスカットクラブを倒していく。

わたしたちがたどり着いたときには、すべて倒し終わっていた。

「今日は大漁だー！」

魔物と戦っていた人たちは、その場でマスカットクラブを解体していく。

マスカットクラブを解体すると中から大量の液体が出てくる。

それは不要なようでそのまま地面に流し、身と殻にわけたあと、荷馬車を使って別々の場所に向

かって運んでいった。

「魔物が現れるなんて話、報告を受けてないんだが……どういうことだろうね」

馬車の中でグレン様はそうつぶやくと、顎に手を当て険しい表情を浮かべていた。


それからすぐ、町長の屋敷へと向かった。

「気兼ねなく過ごすために、宿は別に用意してあるよ。ひとまず、町長に挨拶しておこう」

グレン様はそう告げると、馬車を降りる。

町長の屋敷の前に、顔に傷のある強面《こわもて》の男性がにっこり微笑《ほほえ》みながら立っていた。

「ようこそいらしてくださいました！　スノーフレーク公爵閣下」

「今日は観光をメインに婚約者と訪れたのだが……」

グレン様はすぐに魔物について尋ねた。

「それについては中で説明いたします」

強面の男性……町長はそう言うと屋敷の応接室へと案内してくれた。

三人掛けの広いソファーにグレン様と隣り合わせで座る。

ローテーブルには紅茶と焼き菓子が並べられた。

「あのカニの魔物が現れるようになったのはちょうど一カ月前でして……」

町長は紅茶を一口啜《すす》ると話し出した。

どこからか流れてきたマスカットクラブが沖合の孤島に住み着いたのは、半年以上前。

特に悪さをすることもなかったので放置していたのだけれど、最近になってこちらの大陸にやってくるようになったらしい。

「なぜ、魔物が現れているとの報告がないんだ？」

「それは、漁師たちが討伐というか、捕獲できているからです」

武器を携えていた人たちって漁師だったんだ。

たしかに手慣れた様子でマスカットクラブを倒していた。

「そういえば、大漁だと言っていたな」

「マスカットクラブは魔物ですが、その身はたいへん美味で、甲殻は武具の素材になるんです。討伐できているので、報告を怠りました。申し訳ございません」

町長はそう言うとその場で頭を下げた。

「今からでも遅くない、現れる頻度や場所などを報告してくれ」

グレン様はそう言うと、部屋に飾られていたマスカットクラブの甲羅を見つめた。

すっぽりと隠れられそうなくらい大きな甲羅は海の青とも空の青とも違った独特の輝きを放っている。

「出現頻度は二日から三日に一度、一匹から最大で五匹の場合もありました。出現場所はシャインマスカットの畑を狙って沖からやってくるようです」

町長は少し上に視線を向けて、思い出すように話した。

「討伐はシャインマスカットの畑で行っているんだな？」

枯れているブドウ畑のすぐそばで倒して、解体も行っていたのを思い出した。

「はい、そうです」

「現場を確認したい」

「すぐに案内いたします！」

グレン様の言葉に町長が立ち上がった。

「チェルシー……到着したばかりだけど、ちょっと付き合ってもらえないかな？」

「はい」

これもスノーフレーク公爵領の領主としての仕事。

婚約者として、未来の公爵夫人としては付き合うというより、ついていくべきことだろう。

わたしは力強く頷《うなず》いた。


行きに馬車で通りすぎた枯れているブドウ畑のそばまで向かう。

街道に馬車を止めると、現場まで歩いていった。

海に近ければ近いほどブドウの木は枯れている。海から遠い木も元気がないように見える。

グレン様は途中で繋《つな》いでいた手を離し、しゃがみ込んで地面をじっと見つめた。

「【鑑定】スキルを使って確かめたんだが、このあたり一帯に塩害が起こっている」

「塩害って何でしょうか？」

グレン様に尋ねると教えてくれた。

「一部例外もあるけれど、農作物というのは塩分の多い場所では育たないんだ」

海には塩分が含まれている。

それは舐《な》めると塩辛いのだと話で聞いていたので知っていた。

このあたりには大型の海の魔物がやってきて、この場で倒され解体されている。

「マスカットクラブを討伐する際に高濃度の塩分が流れ出ているようで、このあたりのシャインマスカットに影響が出ているということだね」

「先日、農家からシャインマスカットの出来が悪いという訴えが出たところでした」

町長は驚きの表情のまま、ブドウ畑を見つめていた。

「つまり、塩害は起き始めたばかりということか」

グレン様の言葉に、町長は頷く。

それからしばらくの間、現場を見て回り、視察は終わった。

帰り道、グレン様は町長に報告書を提出するよう告げて別れた。

＋＋＋

本来の目的地である宿に到着した。

グレン様が予約していた宿は海の近くにあり、建物のすぐ真下が砂浜になっている。

「今日はゆっくり休んで、明日は砂浜を歩いてみないか？」

領館のメイドたちから聞いた話によれば、砂浜では貝がらや小石、流木など海から流れ着いたものを拾い集めるビーチコーミングというものができるらしい。

「はい、ぜひ！」

とても楽しいものだと聞いていたので力強く頷くと、グレン様はふふっと嬉《うれ》しそうに微笑んだ。

宿の従業員に案内されて、一階の奥にある広々とした個室に案内してもらう。

個室の扉を開くと、部屋の左側に大きなベッドが二つ、右側手前にはダイニングテーブル、奥にはソファーとローテーブルが置かれていた。

「ごゆっくりおくつろぎください」

そう言って宿の従業員は部屋から出て行く。

今まで何度も馬車に乗って旅をしたけれど、ここまで豪華な部屋には泊まったことがない。

部屋にダイニングテーブルがあるということは、ここで食事をするってことだよね……。

二階や三階に部屋があり、一階で食事をするという宿ばかりだったので本当に驚いた。

「ここは、王侯貴族御用達《ごようたし》の宿なんだ」

「だから、豪華なんですね」

「結界や警備もしっかりしているから、町長の屋敷に泊まるよりも安全なんだ」

納得して、こくこくと頷く。

「現場の視察をしたから、もうすぐ夕食の時間になってしまったね」

グレン様は窓の外から見える夕焼けを眺めながら告げた。

水平線に沈む夕日が、海に映って細く長く見える。

初めて見る景色に見入っていると、ノックの音がしてコック帽をかぶったお兄さんが入ってきた。

「料理をお運びしてよろしいでしょうか？」

「頼む」

グレン様が答えると、続々とカートを押した男性や女性が入ってきた。

そして、ダイニングテーブルに料理を並べていく。

すべて並べ終えると、コック帽をかぶったお兄さんが頭を下げ、全員部屋から出て行った。

「食べようか」

グレン様に手を引かれて、向かい合わせになってテーブルにつく。

「すごいな……食器に出来立てを維持する魔石が組み込まれているよ。取り皿に取るまで熱いものは熱いまま、冷たいものは冷えたままのようだ」

わたしは驚いてテーブルに並べられた料理を見つめる。

グレン様はテーブルの上に置いてあったメモを見ながら話し出した。

「カトラリーの横にあるのは食前酒の白ワインらしい。少量だけど、酔う可能性があるから、チェルシーはやめておこうか」

「はい」

領館での失態を思い出して、わたしはこくりと頷いた。

洋酒入りのチョコレートを食べただけで記憶をなくすくらい酔うのだから、少量でも飲まないほうがいいに違いない。

「かぼちゃの冷製スープ、小エビのテリーヌ、鴨肉《かもにく》のロースト、ホタテとエビの塩焼き、ヒラメのカルパッチョ……」

花の形をしたかわいらしい器に入ったかぼちゃの冷製スープは、パセリが散らしてある。

テリーヌやローストなどは全部一口サイズになっていて、ひとつのお皿にちょこんと載っていた。

「カニクリームコロッケ、カニグラタン、焼きガニ……これは全部マスカットクラブらしい」

茶色い衣に包まれたカニクリームコロッケからは湯気が出ている。

カニグラタンのお皿の周りにはほんのり焦げたチーズがあり、じゅうじゅうと音を立てていて、とてもおいしそう。

焼きガニはシンプルに焼いたものらしい。

「食後にデザートもあるみたいだよ。ひとまず食べようか」

「はい」

わたしは手を組み、大地の神様に祈りを捧《ささ》げる。

グレン様はぽつりとつぶやく。

「いただきます」

「いただきます」

グレン様に合わせてつぶやけば、嬉しそうに微笑んだ。

4. 塩害と魔物対策

食事も終わり、ソファーでくつろいでいたら、グレン様がじっと窓の外を見つめていた。

「どうかなさいましたか?」

同じように外を見れば、月が浮かんでいた。

「昼間のことを思い出していたんだ」

そう言うと、グレン様は申し訳なさそうな顔をした。

「旅行中に視察を組み込んだり、こうして領地のことを考えたり……そういうのは本当は良くないのだろうけど、ついつい考えてしまってね」

その言葉にわたしは首を横に振った。

「わたしは、視察を兼ねた旅行であっても気にしません。むしろ、連れて行ってくださるだけで嬉《うれ》しく思います」

グレン様はクロノワイズ王国の王弟殿下で、スノーフレーク公爵領の領主でもある。

さらに貴族たちの相談役や、鑑定士としての仕事も抱えている。

婚約したけれど、わたしに割くことができる時間はもっと少ないはずなのに、こうして旅行に連れて行ってくれるのだから、嬉しいという気持ち以外に何もない。

「それにここはいつか……わたしが住む領地です」

公爵夫人となれば、スノーフレーク公爵領に住むことになる。

領都で領民に婚約者の紹介をしてもらったときの拍手やお祝いの声は温かなものだった。

「わたしももっとスノーフレーク公爵領のみなさんのことを考えたいと思っています」

思ったことをはっきり告げると、グレン様は口元を押さえて嬉しそうに笑った。

「それなら、一緒に考えようか」

「はい」

「状況をまとめるとこんな感じなんだ」

グレン様はそう言うとアイテムボックスから紙とペンを出して、さらりと書きだした。

マスカットクラブが現れる前
漁師：適度に魚介が獲《と》れていたので生活に支障なし
農家：王家御用達《ごようたし》のシャインマスカットが売れて大儲《おおもう》け

マスカットクラブが現れた後
漁師：マスカットクラブの身と甲殻が売れて大儲け

農家：シャインマスカットの畑が枯れ生産量が減っている
　　実ったものも味がいまいちとなり売れ行きが悪くなっている

「見てわかるとおり、マスカットクラブが現れたことで漁師と農家の儲け具合が逆転したんだ」

塩害のせいでシャインマスカットの畑の被害はどんどん広がっている。

売れ行きが悪くなるどころか、シャインマスカットがどんどん実らなくなっていくに違いない。

わたしはコクリと頷《うなず》く。

塩害で枯れたシャインマスカットの畑を思い出す。

きっと農家の人たちは丹精込めて育てた畑が枯れて悲しんでいるにちがいない。

「農家は被害を受けている。漁師だけが儲かっている状況に反感を持つ者も出てくるだろう。このままではいずれ、争いが起こる可能性もある」

グレン様の言葉にわたしは顔を歪《ゆが》めた。

「どちらも大儲けすれば、税収が増えて、領地が潤うのに……」

ぽつりとつぶやくと、グレン様がハッとした表情になった。

「チェルシーのスキル【種子生成】を使えばできるかもしれない」

「本当ですか!?」

領地のため、ひいてはグレン様のためになるのなら何でもしたい。

そんな気持ちを込めて、じっとグレン様を見つめる。

「やるべきことは二つ。ひとつはマスカットクラブをシャインマスカットの畑に来させないようにすること」

「……マスカットクラブを別の場所におびき寄せるとかでしょうか？」

わたしの言葉にグレン様は頷く。

「マスカットクラブにとって、シャインマスカットよりももっとおいしいブドウがあればいい」

本来魔物は、魔力を溜《た》めこむことができる人を襲う。

でも、好物がある場合、人を無視して好物を食べる。

以前、アマ草という植物が好物の魔物が現れたときに、アマ草の種を植えて足止めとして使った。

それと同じように、好物の中でも最上級のものを生み出して、そちらを食べるように仕向ければいい。

「もうひとつは塩害が起こって枯れているシャインマスカットの畑を元に戻すこと」

グレン様はそう言うと苦笑いを浮かべた。

「塩害というのはとても厄介なもので、地中の塩分を取り除くのに数年から十数年くらいかかるものなんだ」

そんなに長い時間、シャインマスカットの畑が枯れたままでは、農家の人たちは生活することができなくなるかもしれない。

「チェルシーが生み出す種なら、すぐに地中の塩分を取り除くこと……いや集めることができると思うんだ」

わたしのスキルは願ったとおりの種子を生み出すというもの。

だから、ただ願えばいい。

「わかりました。二つの種を生み出します」


そこからグレン様と試行錯誤が始まった。

「マスカットクラブの誘導先は、砂浜にしようと思っている。なので、砂浜で育つ植物を参考にして、ブドウの木の種を生み出せばいい」

砂浜で育つ植物……？

わたしは植物図鑑から、ココヤシのページを開いた。

「そうか、ココヤシか……。もう少し背を低くして、ココヤシの実の代わりにブドウを実らせよう」

「ブドウの大きさはシャインマスカットと同じくらいですか？」

「いや、ひと粒がオレンジくらい大きさのものにしようか。マスカットクラブにとって取りづらく、食べるのに時間がかかるものにすれば、隙が増えて、漁師たちも倒しやすくなるからね」

「はい」

こうして、マスカットクラブを引き付ける新たな樹木の種を考えた。

イメージを固めてから唱える。

「砂浜で育つマスカットクラブが大好きなブドウの木の種を生み出します――【種子生成】」

ぽんっという軽い音がして、目の前にわたしの手のひらに載るくらいの丸くて緑色の種が現れた。

「見た目はココヤシとシャインマスカットを合わせたような実だね」

グレン様はそう言ったあと、【鑑定】スキルを使って確認した。

「ワンダリブドウという名前で、マスカットクラブの好物。人にとってはおいしくないらしい」

「それなら、誰かが食べつくすなんてことにはならないですね」

わたしはそう言ったあと、スキルを使い、ワンダリブドウの種を十粒生み出した。


「次は地中の塩を集める植物か……」

「似たような植物が思いつかないので、設計図を描く必要があります」

わたしはそう告げた後、左手のブレスレットを通じて、精霊界の保管庫から紙とペンを返してもらい、テーブルに置く。

「植える場所は枯れているシャインマスカットの木のそばだね。あまり背の高い植物にすると、シャインマスカットの成長を阻害してしまうかもしれない」

「では、低木……もしくは、背の低い草ですね」

紙に背の低い植物と記述する。

「塩分を吸い取るなら、根は太いほうがいいでしょうか？」

「太いのもいいけど、どこまで塩分が浸透しているかわからないから、たんぽぽのように深くまで根が伸びるものがいいかもしれないな」

植物図鑑のたんぽぽのページを開き、太くて長い根であることを確認した。

「どうせ塩分を集めるなら、そのまま塩として実ったらどうかな？」

「塩の詰まった実がなる……ですね」

紙に書き加えていく。

「そういえば、チェルシーの想像する塩というものはどういったものかな？」

「白っぽい色の粉状のものですが……他にもあるのですか？」

尋ねるとグレン様は海で作られる塩と鉱床で作られる塩があることを教えてくれた。

「海から来た魔物による塩分なので、海で作られる塩と同じものになりそうですね」

白い塩が実になる……そう考えたときにパッと思いついた植物があった。

すぐに植物図鑑を開き、グレン様に見せる。

「この白ナスみたいに真っ白な実ができたらどうでしょうか？」

「わかりやすくていいと思うよ」

紙に白ナスのような実のつく塩の木を描いていく。

あとは他の植物に影響が出ないように、枯れるとひと粒だけ種を生み出すこと、塩の実はクルミのように硬くて、ハンマーなどを使わないと割れないことなどを決めた。

設計図を何度も見て、イメージを固める。

「グレン様と考えた設計図どおりの塩の実がなる植物の種を生み出します――【種子生成】」

ぽんっという軽い音とともに飴玉《あめだま》ぐらいの大きさの真っ白い種が現れた。

すぐにグレン様に見せて、【鑑定】スキルで確認してもらう。

「名前はソルトエッグ。海塩の詰まった実がなる。硬い殻に包まれているため、長期保存が可能だそうだ。面白いものができたね」

グレン様はそう言うとニヤッと笑った。

ときどきグレン様はいたずらをする前の子どものような笑顔を浮かべる。

以前はあまり見なかった笑顔なので、心を許してくれている証拠なのかもしれない。

その後、ソルトエッグの種も十粒生み出した。

「あとは明日、町長とともに植えに行こう」

「はい」

こうして海辺の町アインスの一日目は過ぎた。

＋＋＋

翌朝、目が覚めると外は快晴で、海の上を鳥が飛んでいた。

朝食もお部屋で食べるようで、起きたことを伝えたら、温かな料理が運ばれてきた。

温かいポタージュスープが体に染みる。

そんなことを思いながら、朝食を済ませた。

「町長は午前中は用事があるらしいから、午後になったら向かおう」

「それならば、午前中ビーチコーミングに行きませんか？」

ワクワクしながらグレン様に尋ねると、優しく微笑《ほほえ》みながら頷いた。


宿から十歩もかからずに砂浜へと到着する。

「本当に近いですね」

わたしはぎりぎり芝生となっている位置に立ち、砂浜へ一歩進んだ。

畑の土とは違う感触に驚く。

数歩歩けば、メイドたちが言っていた『足を取られる』というのがなんとなく理解できた。

「これが砂浜なんですね」

楽しくて行ったり来たりしていたら、グレン様がクスクスと笑い出した。

「楽しそうで良かったよ。さて、もう少し海のそばまで行ってビーチコーミングをしてみようか」

グレン様と手を繫《つな》ぎながら、ゆっくりと波打ち際まで近づく。

寄せては返す波を見ていたら、白いものが見えた。

近づいてじっと見つめる。

グレン様は【鑑定】スキルを使ったのか、ふふっと笑って何も言わなかった。

わたしは意を決して、初めてのビーチコーミング……白いものを拾った。

……割れた貝がらだった。

「うう……」

「俺の知る限り、ビーチコーミングは滅多にいいものは手に入らないんだよ」

「めげません」

わたしはグレン様にそう宣言すると、繫いでいた手を離して、砂浜をうろうろした。

途中からグレン様もビーチコーミングを始めて何かを拾っているようだった。

それからお昼になるまでずっと探していたけれど、見つけたのは割れた貝がらばかり……。

しょんぼりしていたら、グレン様が目の前にやってきた。

「はい、これあげる」

グレン様に手渡されたのは、薄いピンク色の小さな貝がらだった。

「すごくかわいいです」

なくしそうだったので、割れた貝がらも含めて、すべて精霊界にある保管庫に預けた。

＋＋＋

午後になり、町長の家に向かうと、農家の代表という女性と漁師の代表という男性が待っていた。

「どうしても現状を訴えたいと申しまして……」

強面《こわもて》の町長が弱り切った表情でそう告げてきた。

「昨日のマスカットクラブを倒した現場に向かいながら、話を聞こうか」

グレン様がしかたないという様子で告げると、農家の女性から話し始めた。

「魔物が現れてすぐに、一番海に近いシャインマスカットの畑が食われるようになってさ……」

魔物によるシャインマスカットへの被害はそこまで多くなかったらしい。

だから、しかたないと諦めていたそうだ。

「ところが海の男たちが魔物を倒すって言い出したんさ」

漁師たちはシャインマスカットを夢中で食べているマスカットクラブを攻撃したら、反撃してこないことに気づいて倒すようになったらしい。

「現れる魔物は全部、海の男たちが倒してくれたんさ。だから、一安心してたらさ、どんどん畑が枯れ始めたんさ」

多少、魔物に食べられても農家としてはそこまで困らない。けれど、樹木そのものが枯れてしまえば、実らなくなり、農家を続けることができない。

「だから、もう魔物を倒すのはやめてほしいんさ」

「そんなのダメさ！　魔物は倒さないとどんどん増えるさ！」

農家の女性の言葉に、漁師の男性が反論し始めた。

「今は魔物の数が少ないから、農家はそこまで困ってないだけさ。これがどんどん増えたら、樹木が枯れるどころの話じゃないさ！」

「ま、まあまあ」

町長が二人の間に入って両手で抑えるような仕草をしたけれど、二人は魔物を倒す、倒すのをやめてほしいと話を続けた。

「農家と漁師の訴えは、領主として理解している」

結局、グレン様がそう告げたことで、二人は黙った。


それからしばらくして、わたしたちは昨日マスカットクラブを倒した現場で、塩害により枯れているシャインマスカットの畑に着いた。

「昨晩、婚約者である彼女と話し合って、対策を考えてきた」

到着してすぐにグレン様は町長と漁師の男性と農家の女性に向かって告げた。

町長は首を傾《かし》げ、漁師の男性と農家の女性は同時に驚いた表情になった。

なんだか、漁師の男性と農家の女性って似ている。

「そういえば、きちんと彼女を紹介していなかったね。サージェント辺境伯の令嬢でチェルシーだ。俺の婚約者であると同時に王立研究所の特別研究員でもある」

「改めまして、チェルシー・サージェントでございます。主に植物に関する研究を行っています」

領館でメイドに説明したときのように自己紹介をすると町長も目を見開いて驚いた。

「さて、チェルシー。種を蒔《ま》こうか」

「はい」

わたしは精霊界の保管庫に預けてあったソルトエッグの種をひとつ返してもらった。

グレン様が地面を指差しているので、そのあたりに種を押し込む。

飴玉サイズのソルトエッグの種は、すぐに芽が出て、わたしのお腹《なか》くらいまで育ち、白い花を咲かせた。

そして白ナスのような実をつける。

あっという間の出来事だったので、町長たちは固まって動かなくなった。

グレン様はソルトエッグの苗をじっと見つめたあと、ぶちっと実をもいだ。

振るとシャカシャカという音が鳴り、拳で軽く叩《たた》くとコツコツという硬そうな音がした。

「これはソルトエッグという植物で、地中の塩を集めて実となるものだ。これを、塩害の土地に均等に植えていく」

「中に何が入っているのですか？」

町長はハッとした表情になるとそう尋ねた。

「確認してみようか」

グレン様はそう言うとアイテムボックスから、ハンマーを取り出して、手のひらに載せていたソルトエッグの実を軽く叩いた。

何度か叩くとひびが入り、卵を割るようにパカッと割れた。

少しざらっとした白っぽい粉が見える。

「【鑑定】したけど、これは海塩だ」

グレン様はそう言うとソルトエッグの実に詰まっていた海塩をほんの少しつまんで食べた。

町長や漁師の男性、農家の女性にも食べるよう促す。わたしも、少しだけいただいた。

「間違いなく塩ですね」

町長が何度も頷く。

それから、保管庫に預けてある残りのソルトエッグを取り出して、グレン様と町長たち、それから護衛としてついてきている人たちにも配った。

みんなおそるおそると言った様子で、距離を空けて植えていく。

「地中の塩分をある程度吸収すると、種をひとつ生み出して枯れるから、それをまた別の塩害を起こしている土地に植えていくように」

グレン様の言葉に町長と農家の女性は頭を下げた。

次に町の外れにあるあまり人の来ない海岸へと向かう。

「こ、ここでは何をするのでしょうか？」

町長は不思議そうな顔をしながらキョロキョロとあたりを見回す。

「マスカットクラブがこれ以上シャインマスカットに手を出さないようにする。チェルシー、頼む」

「はい」

今度は、精霊界の保管庫からワンダリブドウの種を取り出して、砂浜に埋めた。

これも先ほどと同じようにあっという間に芽が出て育った。

背丈は大人二人分くらい。ちょうどマスカットクラブのハサミが届くかどうかくらいのもので、ココヤシの木の実のなる位置にひと粒がオレンジくらいの大きさのブドウが実っている。

「これはワンダリブドウというマスカットクラブが好む植物でございます。人が食べてもおいしくないので注意してください」

そう言いながら、これも砂浜に等間隔に植えていく。

植えている途中なのに、マスカットクラブが一匹、沖からこちらへ近づいてくるのが見えた。

「あのブドウを食べるか確認する。全員下がれ」

グレン様の指示に従って、全員、陸側の少し小高くなっている場所へと移動する。

マスカットクラブは一目散にワンダリブドウに向かうと、懸命にハサミを伸ばしてブドウをつまみ取った。

「狙いどおり、取りづらく食べるのに時間がかかっている。これで討伐の時間を確保しやすくなるだろう」

マスカットクラブの動きを確認すると、グレン様は立ち上がり、魔術を使った。

「……《束縛《バインド》》」

マスカットクラブが身動きできずに固まっている。

「……《突風《ガストオブウィンド》》」

さらに風の魔術でスパッと縦に切り裂いてあっという間に討伐してしまった。

「これ、ミカにお土産として持って行ったら、料理してくれるんじゃないか？」

グレン様は倒したマスカットクラブのもとへ行くまでにそんなことをつぶやいていた。

「おいしい料理にしてくれると思います」

そう答えると、グレン様はさくっとマスカットクラブをアイテムボックスへと収納した。

ワンダリブドウの効果を確認したあと、町長はグレン様に向かって頭を下げた。

「領主様！　素晴らしい植物を用意してくださり、ありがとうございます」

「ソルトエッグがあれば、地中の塩分はなくなるって聞いたさ。時間は掛かるけど、畑も徐々に戻るさ！　本当にありがとうございます」

「ワンダリブドウがあれば、シャインマスカットの畑に迷惑かけずに魔物を倒すことができるさ。そうすれば漁師たちの収入を減らさずに済むし、魔物も数が増えずに済むさ。本当に本当にありがとうございます」

町長に続けて、農家の女性と漁師の男性もお礼を言ってきたけれど、グレン様はすぐに首を横に振り、わたしに視線を向ける。

「すべては俺の婚約者であるチェルシーのスキルによるものだ。お礼ならチェルシーにしてほしい」

「え？」

急に話を振られて驚いていると、町長たち三人が目の前にやってきて頭を下げてきた。

「このご恩は必ずお返しいたします。本当にありがとうございます」

「ありがとうございます」

三人同時に頭を下げられ、わたしは困ってグレン様に視線を向けた。

グレン様は優しく微笑むと、ぽんぽんと軽く背中を叩いた。

「二つの種に問題はないが、魔物の動きが変わることもあるだろう。畑の状況も確認しておきたい。しっかり報告するように」

「畏《かしこ》まりました」

こうして、海辺の町アインスの塩害と魔物への対策をして、二日目は終わった。

5. とお土産？

Extra Edition

海辺の町アインスで迎えた二日目。

帰りの支度を終えて、馬車に乗り込もうとしていたら、突然外が騒がしくなった。

「領主様！」

やってきたのは、昨日の農家の代表の女性だった。

「たいへんさ！」

農家の女性は慌てているようで手を動かして身振り手振りで説明しようとしているのに、言葉が出てこないようだった。

「少し落ち着いてください」

わたしがゆっくりと告げると農家の女性は深呼吸をしだした。

何度かしているうちに落ち着いたようで、視線をわたしに向けた。

「枯れていたシャインマスカットの木がぜ～んぶ元気になってたさ！」

「え？」

地中の塩分を取り除くだけで、枯れたシャインマスカットの木をどうにかする植物ではなかったはずなのだけれど、どういうこと？

不思議に思い首を傾《かし》げたら、グレン様も同じように首を傾げていた。

「どういうことか詳しく聞かせてくれ」

グレン様が尋ねると、農家の女性は頷《うなず》いた。

「昨日あのあと、もう一度ソルトエッグを植えた場所に戻ったさ。しばらく見てたんだけど、ソルトエッグは塩の詰まった実をたくさんつけると枯れるさ。そして、種をひと粒落としたと思ったら、すぐに芽が出て育ったさ。数時間したらまた同じことするように見えたさ」

農家の女性はそう言うとエプロンのポケットから、白ナスのような形をした塩の詰まった実をたくさん取り出した。

「その時はまだ、シャインマスカットの木は枯れてたさ。今朝もう一度見に行ったら、ソルトエッグを植えた近くの木がぜ〜んぶ元気になってたさ！」

結局、一晩経《た》ったらシャインマスカットの木が元気になっていたということしかわからなかった。

「確認したほうがいいですよね？」

「……そうだね」

グレン様とわたしはまた、シャインマスカットの畑に向かうことになった。

現場に到着すると、枯れていたはずのシャインマスカットの木は元気になっていた。

そばに植えてあったソルトエッグは、たくさん実がなっていて、ちょうど枯れるところだった。

グレン様は【鑑定】スキルを使って、突然元気になったシャインマスカットの木、ソルトエッグ、さらに土や周囲のものを調べているようだった。

じっと待っていると、グレン様はわたしに告げた。

「まずシャインマスカットの木だけど、栄養状態もよく、見た目どおり元気になっているよ」

生き生きとした葉っぱを見れば、嬉《うれ》しい気持ちになる。

「次にソルトエッグだけど、農家代表者の言うとおり、数時間に一度こうして枯れて種を落としているようだ」

グレン様がつぶやいたと同時に種が地面に落ち、芽吹き始めた。

残っていた枝や葉は枯れて、さらさらとした肥料へと変わっていく。

「最後に土だけど、このあたりの塩分は抜けきったようだ」

そこまで言うと、グレン様はわたしに視線を向けた。

「もしかして、チェルシーは種を生み出すとき、育った植物が枯れたら肥料になるように願っている？」

わたしは首を傾げる。

「ブルーリリィとスカイリリィのときはそういう設計図だったので願いました。でも他の植物のときに願った覚えはありません」

そう答えたあと、過去に植えた植物を思い出していく。

「……よくよく思い返したら、スカイリリィよりあとに生み出した種はすべて、枯れると肥料になっていました」

「どうやら、チェルシーの中で、肥料になるのが当たり前になっているようだね」

グレン様はそう言うと地面を指差した。

「枯れたソルトエッグは土壌を改良する効果と枯れた植物をよみがえらせる効果をもつ肥料になるようだ。それが原因でシャインマスカットの木は一晩で元気になったみたいだね」

想定していない効果が出ていて驚いた。

「これは持ち帰って、王立研究所で詳しく調査したほうがいいものですよね？」

確認するとグレン様は頷いた。

「きっと、トリスが喜ぶだろうね」

トリス様が肥料を撒《ま》いている姿を想像したら、笑いが込み上げてきた。

「これも良い土産になるだろうね」

帰るたびに、トリス様にはお土産として種を渡している気がする。

「できれば、普通のお土産も買って帰りたいです」

そう告げれば、グレン様は嬉しそうに微笑《ほほえ》んだ。

「それじゃ、アインスにあるお土産を扱っているお店を見て回ろうか」

「はい」

「以前、視察で訪れたときは、貝がらや流木を使ったアクセサリーが売られていたよ。他にはマスカットで染めたハンカチも人気があったはず」

グレン様は顎に手を当てたあと、思い出したようにつぶやいた。

「そういえば、宿の予約をするときに、ビーチコーミングで集めた貝がらを使って自作のアクセサリーを作る教室を開いていると言っていたよ」

「お土産を自分の手で作れるんですか？　とても楽しそうです！」

わたしたちはまた、アインスへ戻り、みんなのお土産を買って帰ることにした。

あとがき

お久しぶりです、みりぐらむです。

『二度と家には帰りません！』三巻をお買い上げいただき、ありがとうございます！

今回は全文書き下ろしとなっており、『小説家になろう』には載せていないものになります。

がんばって糖度上げましたので、お楽しみくださいませ。


今だから言える話なのですが、書き始めた当初は真逆のストーリーでした。

主人公は家族に愛され、スキルを見出《みいだ》されて研究所へ行ったけれど、毎日とても忙しくて「早く家に帰りたい」が口癖という……今のチェルシーからは想像できないようなお話で……。

書き進めていたある日、「真逆にしなさい」という神のお告げ（？）がありまして。

普段なら「自分の好きなように書くんだ！」と跳ねのけるところを、なぜかその時は素直に聞き入れた結果、気がつけば今の『二度と家には帰りません！』ができあがっていました。（笑）

世の中何が起こるかわかりません。

たまには周囲に流されてもいいかも……と思う出来事でした。

さて、いつものようにお礼を述べさせてください。

まずは華やかな表紙を描いてくださったイラスト担当のゆき哉《かな》先生。（今回特に、挿絵のチェルシーの表情がすべて違うので、ラフの時点から楽しみにしていました！）

締め切り関係でご迷惑をおかけした担当Yさん、営業さん、校正さん、デザイナーさん、それから印刷所のみなさん。

相談に乗ってくれた友人Rさん、Mさん、母さま、某ゲームのみなさん。（特に料理関係の案を出してくれた方！　カニクリームコロッケとカニグラタンは頭になかったので助かりました）

読んでますよと声を掛けてくれた皆さま。

本当にありがとうございます！

また、今回は体調を崩し、何も書けない時期を挟みました。

助言してくれた方、助けに来てくれた方、本当にありがとうございました。

皆さまも体調管理には十分お気を付けくださいませ。

この本にかかわったすべてのみなさんに、イイことがありますように！

みりぐらむ

作品のご感想、
ファンレターを
お待ちしています

あて先

〒141-0031　東京都品川区西五反田 7-9-5 SGテラス5階
オーバーラップ編集部
「みりぐらむ」先生係／「ゆき哉」先生係

スマホ、PCからWEBアンケートにご協力ください

アンケートにご協力いただいた方には、下記スペシャルコンテンツをプレゼントします。
★本書イラストの「無料壁紙」　★毎月10名様に抽選で「図書カード（1000円分）」

公式HPもしくは左記の二次元バーコードまたはURLよりアクセスしてください。
▶ **https://over-lap.co.jp/865548723**
※スマートフォンとPCからのアクセスにのみ対応しております。
※サイトへのアクセスや登録時に発生する通信費等はご負担ください。

オーバーラップノベルスf 公式HP ▶ **https://over-lap.co.jp/lnv/**

二度と家には帰りません！③

発行　2021年3月25日　初版第一刷発行

著者　みりぐらむ

イラスト　ゆき哉

発行者　永田勝治

発行所　株式会社オーバーラップ
〒141-0031
東京都品川区西五反田7-9-5

校正・DTP　株式会社鷗来堂

印刷・製本　大日本印刷株式会社

ISBN　978-4-86554-872-3 C0093

【オーバーラップ　カスタマーサポート】
電　話　03-6219-0850
受付時間　10時～18時（土日祝日をのぞく）

コミックスシリーズも
大好評発売中！
漫画 × 遊喜じろう
原作 × みりぐらむ
キャラクター原案 × ゆき哉
二度と家には帰りません！
Nido to ie niha kaerimasen!
GARDO COMICS

不遇だった
令嬢が——
いた…っ
ズキズキ…
ごはんを食《た》べようと思《おも》って…
おずおず
それで残飯《ざんぱん》を漁《あさ》ってたってわけ?
ああ意地汚《いじきたな》い意地汚《いじきたな》い
寄《よ》らないで匂《にお》いが移《うつ》るわ
希少スキルに目覚めて
人生逆転!?
君《きみ》を王立研究所《おうりつけんきゅうじょ》にお招《まね》きするというのはどうかな
あんたが新種《しんしゅ》のスキルに目覚《めざ》めた女《おん》の子《こ》っすね!?
ふえっ

雨川透子
ILLUST. 八美☆わん
過去の人生で得たスキルを思いっきり発揮します！
コミックガルドにて
コミカライズ連載中！
ループ7回目の悪役令嬢は、
元敵国で自由気ままな
花嫁生活を満喫する
20歳で命を落としては婚約破棄の瞬間に
ループしてしまう公爵令嬢リーシェ。
7回目の人生は、過去の人生でリーシェを殺した皇太子アルノルトの
元へ嫁ぐことになってしまい……!?
長生きごろごろ生活のため、
過去人生の職業スキルを発揮して生き延びます！
OVERLAP NOVELS f

OVERLAP NOVELS f
望まれない
花嫁だったけれど、
もう一度あなたに恋していいですか？
コミックガルドにて
コミカライズ
連載中!!
拝啓
「氷の騎士とはずれ姫」
だったわたしたちへ
Author 八色 鈴 Illustration ダンミル
抱き続けた淡い恋心を実らせオスカーと
結婚した第四王女のリデル。
しかしその幸せは長く続かず、
心に深い傷を負ったリデルは失意の中命を落とした。
そして、子爵のひとり娘である
ジュリエットに転生した彼女は、
ある夜会でオスカーと再会することになり……？

第9回 オーバーラップ文庫大賞
原稿募集中！
イラスト：KeG
紡げ、魔法のような物語！
【賞金】
大賞…300万円
（3巻刊行確約＋コミカライズ確約）
金賞……100万円
（3巻刊行確約）
銀賞……30万円
（2巻刊行確約）
佳作……10万円
【締め切り】
第1ターン 2021年6月末日
第2ターン 2021年12月末日
各ターンの締め切り後4ヶ月以内に佳作を発表。通期で佳作に選出された作品の中から、「大賞」、「金賞」、「銀賞」を選出します。
投稿はオンラインで！ 結果も評価シートもサイトをチェック！
https://over-lap.co.jp/bunko/award/
〈オーバーラップ文庫大賞オンライン〉
※最新情報および応募詳細については上記サイトをご覧ください。
※紙での応募受付は行っておりません。